Schuldig

Werner R.C. Heinecke

SCHULDIG

Kriminalroman

© 2019, Werner R.C. Heinecke

Herstellung und Verlag:
BoD – Books on Demand, Norderstedt.
ISBN: 9783743109544

Der Autor

Werner R.C. Heinecke,
schreibt leidenschaftlich gerne Thriller und Kriminalgeschichten. In Bremen geboren, lebt er in Dresden und auf den Balearen.
Sein literarisches Spektrum ist vielseitig.
Sein Hauptwerk ist die Trilogie STURM IM GLASHAUS, ein Politik-u. Wirtschaftsthriller.
Weitere Kriminalgeschichten sind SCHULDIG, NACHTSCHICHT und TREIBJAGD.
Daneben veröffentlichte er zwei Titel über seine Pilgerwege auf Mallorca und nach Santiago de Compostela, den span. Jakobsweg.
Neben seiner herausgegebenen Biografie, verfasste er einen Herzenswunsch, ein Kinderbuch. Abgerundet wird sein Schaffen durch drei Titel als Ratgeber für Erfolg, Management und Persönlichkeitsentwicklung.
Kontakt:
info@heinecke-autor.com

www.heinecke-autor.de

Mitwirkende

Jana Zobel	Hotelfachfrau
Jennifer Zobel	Fotografin
Thomas Jordan	Staatssekretär
Tom Busch	Journalist
Ronald Berger	Hauptkommissar
Jan Krause	Kommissar
Lisa Hauser	Oberkommissarin
Olaf Bertram	Polizeichef
Hans Koll	Oberstaatsanwalt
Daniel Simon	Dark Net - Anbieter
Andriko Kostezkov	Ukrainischer Terrorist
Mykola Tsygykol	Ukrainischer Terrorist
Laura Lubinja	Ukrainischer Terrorist
Anna Horst	Pseudonym
Tobias Stern	Detektiv
Diana Fuchs	Pseudonym
Roy Hammond	Taxi-Fahrer

Uwe Behrens	Skipper
Bernd Kleinschmidt	Chirurg
Christa Kleinschmidt	Journalistin
Lugh Ryan	Ire
Sonja Halbach	Schriftstellerin
Sarah Grant	Psychologin
Tom Grant	Journalist
James Wodridge	Serienmörder
Jonathan Bullock	Sergeant
Joe Morgan	Sergeant
John William	Chief Inspector
Ryan Shaw	Detectiv
Sharon Aston	Forenserin
Joaquin Alvaro	Einhandsegler
Cliff Burns	Bootskontrolleur
Jose Alvaro	Schiffsoffizier
Sandra Bolt	Partygirl
Yvonne Peters	Pseudonym

*Alles, was man nicht zu Ende bringt,
kommt irgendwann zurück.
Man muss es zu Ende bringen.*

Prolog

München, im Oktober 2011

Eigentlich sollte es nur ein Spiel werden.
Okay, Monopoly oder gerne auch Schach sind eigentlich eine nette Freizeitbeschäftigung. Im Hintergrund auf dem TV Bildschirm einen Pornofilm schauen, sicherlich dazu eine gute Untermalung. Und ein gutes Abenddinner, zu zweit gekocht und an einem gut gedeckten Tisch mit einem leckeren gut mundenden Rotwein verspeisen. Harmonisch leuchtendes Kerzenlicht weist den Weg in die anderen Räume. Zeit nehmen für das wirkliche Glück im Leben. Abgerundet mit einem tiefen wohltuendem Schlaf nach aufregendem Sex Spiel.

Jana und Jennifer sind Schwestern.
Drei Jahre Altersunterschied aber sonst viele Gemeinsamkeiten. Nicht nur äußerlich. Jana ist jetzt 28 Jahre jung. Hat den Bachelor an der Hochschule in Ravensburg in BWL-Tourismus, Hotellerie und Gastronomie absolviert. Mit ihren 1,76 Meter, schlank und groß aufgeschossen, die Haare getragen in blonder Haarschnitt in Kurzform.
Sie ist ein echter Hingucker. Sehr sportlich ausgerichtet betont sie mit nobler Markenkleidung ihre Figur.

Jennifer hat in Essen an der Hochschule für Künste den Bachelor Fine Arts absolviert, ist eine begeisterte Fotografin. Sie steht der Schwester mit 1,78 Meter. und auch im Aussehen nicht nach. Oft scherzt sie darüber, dass sie die Größere ist. Nicht nur die Ältere. Die vielen Jahre bisherigem gemeinsamen Lebens seit der Kindheit haben die Beiden zusammengeschweißt.

Früh, viel zu früh verstarb bei einem Autounfall im Jahr 1990 auf der Rückfahrt aus einem gemeinsamen Winterurlaub in Kitzbühel der Vater.
Stefan Zobel wurde nur 35.
Ein nur schwer zu verstehendes Schicksal trifft die junge Familie.
Es fehlte an Nichts. Materiell, wirtschaftlich beste Verhältnisse. Ein Haus in Berlins bester Wohngegend am Wannsee. Eine Doppelgarage beherbergen einen dunklen BMW und für seine Frau ein Cabrio.

Bettina Zobel traf das Unglück im Alter von 28 Jahren. Ihre Töchter Jana und Jennifer hatten gerade den Skikurs besucht. Wedelten schon über den Anfängerstatus hinaus mit dem jungen Skilehrer die Berge hinunter. Skifahren ein großer Spaß für die 7- jährige Jana und die 10- jährige Jennifer. Zu dem materiellem Glück kam auch eine sehr harmonische Lebensbeziehung. Die Vaterrolle

nahm Stefan sehr ernst. In seinem Job als
Bankkaufmann voll gefordert im Geschäft des
Investmentbankings blieb oft wenig Zeit.
Aber um so intensiver nutzte er sie mit seinen
zwei Lieblingen. Und seinem Engel, seiner
blonden hübschen Bettina. Bettina Zobel
arbeitet zu der Zeit in einer Steuerkanzlei.

Sport stand stets ganz oben im
Wochenprogramm.
Ja, sie waren sehr mit dem Sport verbunden.
Jana und Jennifer wurden früh herangeführt
an den Kampfsport. Erst ging es um Judo,
später wechselten sie zu Karate. Im Haus den
eigenen Fitnesskeller.
Der Blick von Jana führt zum Familienfoto.
"Ich war gerade voll in Gedanken an Daddy
und Mama", spricht sie ganz leise Jennifer
an.
"Ja, ich habe bemerkt, du warst woanders,
gar nicht bei mir."
"Jana, wir sollten etwas in unserem Leben
ändern. Unserem Leben mehr Sinn geben. An
unsere Eltern denken ist das Eine." Sie
stockt. Dann: " Sie zu rächen das Andere!"
Aus einem hasserfülltem Gesicht heraus hört
Jana sie sagen:
"Ich bin jetzt 31. Mama wurde nur 31!"
Jetzt war es raus.
Lange, ihrer Ansicht nach viel zu lange,
hatten sie gewartet. Quälende Gedanken
nicht umgesetzt.

Beim Unfalltod des Vaters konnte kein Fremdverschulden ermittelt werden.

In Kitzbühel haben die Beiden es sich hinten im 5erBMW für die Rückfahrt nach Berlin bequem gemacht.
Ihr Vater klagte über aufkommenden Schwindel. Wollte auf den Parkplatz an der Tankstelle am Ortsausgang fahren.
Dann passierte es. Frontal raste er gegen einen LKW *MAN*.

Stefan Zobel hatte die Gewalt über das Fahrzeug verloren. Schnell entwickelte sich ein Stau an der stark befahrenen B 178. In der Nähe der Tankstelle liefen sofort einige Mutige zu den verunfallten Wagen. Der LKW Fahrer hatte einen Schock. Es waren die Brüder Tom und Robert Busch die als Erste am BMW waren.
Befreiten erst die Frau, dann die Kinder aus dem um Meter zusammengeschobenen Wagen.

Immer wieder sind den Beiden die Zweifel gekommen. Vater war gesund. Sportlich, fit. Von Alkohol hielt er nicht viel. Seit einigen Jahren arbeiten sie das ganze auf.
Recherchieren.
Haben ihr ganzes Leben darauf ausgerichtet die Wahrheit herauszufinden.
So hat Jana eine Anstellung in dem Hotel in

Kitzbühel gesucht, um ganz nah am
Geschehen zu sein.
Die Verbindungen zu recherchieren, die
damals ihr Vater zu dem am Unfall
verwickelten Personenkreis hatte.

Jennifer ist bei einer großen Zeitung in
München untergekommen. Somit beste
Voraussetzungen unverfänglich Recherchen
zu unternehmen.
"Wie willst Du denn weitermachen?"
"Jana, ich liebe Dich. Uns wird nichts
trennen, außer der Tod, und den fürchte ich
nicht. "

Lange Jahre nach dem Tod Ihrer Mutter
Bettina waren die beiden getrennt.
Das Inferno zu verdrängen nur schwer zu
ertragen. Der notwendige Umzug von Berlin
nach München, vollkommen geänderte
Lebensabläufe, der Kampf der
alleinerziehenden Mutter, sind unvergessen.
Die schmerzliche Nachricht vom Tod der
Mutter im Winter 1993 und die schmerzliche
getrennte Unterbringung im Heimen hat Ihr
Leben traumatisiert geprägt.

"Die verdorbenen Männerwelt soll Leid
erfahren! Ganz einfach, Jana, ich werde sie
bestrafen, demütigen, in Ihrer Geilheit
zappeln lassen, Fesselspiele. Das ganze
Programm und dann, hör gut zu,

v e r g i f t e n."
Dann fügt sie bestimmend hinzu: "
Und Du wirst mir dabei helfen!"

Jennifer nimmt die Rotweingläser vom Tisch.
Schenkt aus der Flasche den *Beaujolais* nach.
Sie umarmen sich.
Ganz tief sind die Gedanken bei Ihrer Mutter
Bettina.
Die 13- jährige Jennifer hatte gemeinsam mit
der 10- jährigen Jana in Garmisch die
Gewissheit bekommen.
Ihre Mutter wird nie mehr da sein. Bettina
war eine starke Frau. Wem war sie zu stark?
Die Beiden schauen sich an.
Ihre Augen werden grell. Jennifer nimmt ein
Fotoalbum und zeigt es Jana. Sie schauen
sich an, was von den Eltern noch geblieben
ist. Zeitzeugen. Fotos. Bei einem Foto
verharren sie. Es zeigt mehrere Männer mit
Ihrem Vater.

"Komm, liebe mich, jetzt, sofort!"
Jennifer zieht Jana auf das bereits freigelegte
Bett. "Warte, ja ich bin dabei aber...."
"Aber was?"
" Wie wäre es mit 1 Million – jeder Penis
bringt 200.000. Wir werden es so anstellen,
dass die verfluchten geilen Männer, die
unsere Eltern auf dem Gewissen haben, viel
zahlen. Du wirst sie fotografieren, auch
Filmen. Mit mir! Geil."

Jennifer ist kurz verwirrt.

"Ja, Du hast recht. In München werden wir nicht mehr wohnen. Wir nehmen uns eine kleine Wohnung in Berlin. Dafür reicht das Geld gut."
"Es passt sehr gut!" Jana spielt zärtlich an Jennifers haarloser Scheide. Vorher küsst sie Ihre Brüste.
Jennifer wird schneller als je zuvor feucht.
"Ja, es passt!"
"Komm, mach es mir. Fester. Komm!"

Die beiden sind verwickelt in eine wilde Ekstase.
"Wir suchen uns die Männer die unsere Gier nach Lust befriedigen, machen eine NACHTSCHICHT."
Sie lieben sich.
Jede, ja fast jede Stelle Ihrer Körper.
"Küss mich bitte, auf dem Mund!"
Jennifer nimmt ein Foto und schreibt fünf Zahlen auf die Rückseite.

"Wenn wir die Vergangenheit nicht aufarbeiten existiert ein Schatten in unserem Leben. Wir müssen ins Licht."

Dann besprechen sie einen gewagten Plan.

Auf dem Atlantik im Herbst 2014

1

Das stetige sanfte Auf und Ab des Seglers in den Wellen, die Weite des Meeres, die dem Auge keinen Orientierungspunkt bietet, und das leise Knarren der Takelage sind die ständigen Begleiter für eine Atlantik-Überfahrt von den *BERMUDA* zu den *AZOREN*.

In kurzer Zeit waren die paradiesischen naturfarbenen Badestrände und die typischen Kalkstein-Häuser mit ihren schneeweiß getünchten Dächern und pastell-bunten Fassaden hinter dem weiten Horizont verschwunden.
Das gespürte Gefühl der Enge wich dem der grenzenlosen Freiheit, die auf hoher See wie sonst nirgendwo erlebt wird.

Innerhalb kurzer Zeit sind Skipper Uwe Behrens und Sonja Halbach zu einem Team zusammengewachsen. Nur gemeinsam können Sie das Schiff, die SY BELANDO, auf Kurs halten. Uwe Behrens ist ein erfahrener

Seemann.
Es ist nicht die erste derartiger Touren, die er unternimmt.
Anders ist diesmal fast alles.
Die Crew, allesamt Berufsaus- und umsteiger, betrug mit ihm sechs Personen.
Niemand konnte sich vorstellen, dass drei von Ihnen auf dem Schiff zu Tode kamen.

Es gibt immer einen Weg das Leben besser zu machen. Sonja Halbach wollte in die Karibik.
Barbados war eigentlich das ersehnte Ziel für ein neues Leben.
Sonja Halbach war Assistentin im Detektiv-Büro Robert Busch in München.
Das Jahr 2013 war für sie der absolute Alptraum.
Mittendrin in der Kriminalgeschichte der Zobels. Jennifer und Jana Zobel.

Es war die Berufung ihres Chefs Licht in den Fall zu bringen.
Eine Tragöde: auch ihr Chef wurde ermordet.
Als Mitwisserin war auch ihr Leben gefährdet und ist es sicherlich auch noch jetzt.
Unfassbar für sie. Das Schicksal brachte sie auf der SY BELANDO mit Jennifer und Jana Zobel zusammen. Sonja Halbach brauchte sich an Bord nicht zu erkennen geben.

Die wegen mehrerer Morde gesuchten Schwestern kannten sie nicht.

Dann passierte der tödliche Unfall von
Jennifer Zobel. Tragisch. Zwei Crewmitglieder
wollten sie vergewaltigen. Jennifer wollte sich
davor wehren, rannte an Deck und brach sich
dann beim Fallen das Genick.

Jana Zobel zwang den Skipper mit Bedrohung
von einem Gewehr die beiden Männer zu
bestrafen. Sonja Halbach hatte keine Wahl.
Auch sie wurde von Jana Zobel in den
Racheakt eingebunden.
Sie fesselte die beiden Männer.

„Passen sie auf den Azoren gut auf sich auf.
Sie sind meine Lebensversicherung!"
Uwe Behrens ist zum zweifachen Mörder
geworden. Gefilmt von Jana Zobel als er die
beiden Crewmitglieder „bestrafen" sollte.
Jana Zobel gab ihm ihre letzten zwei mit Rizin
versehene Giftkügelchen aus Platin.

„Unser Weg trennt sich bald. Aber wir bleiben
im gleichen Boot. Ich bin doch Mittäterin,
oder wie nennt man das?"
Uwe Behrens sieht die Frau eher als
Mitwisserin.
Aber Sonja Halbach könnte ihn auch
entlasten. Schließlich weiß sie, dass er unter
Waffengewalt zu dem Tötungsdelikt
gezwungen wurde.

Die kleine Crew sieht bereits die Konturen des
2351 Meter hohen *Ponta de Pico*.

Ein Vulkanberg.
Die *Azoren*, sind eine autonome Region Portugals im Atlantik.
Prägend für die Inseln sind eine dramatische Landschaft, Fischerdörfer, grüne Wiesen und blaue Hortensien Hecken.
São Miguel ist die größte der neun Inseln.
Das Archipel liegt auf der Plattengrenze zwischen der afrikanischen Platte und europäischen Platte und sind Teil des Mittelatlantischen Rückens.
Geologisch gehören die westlichen Inseln Flores und Corvo bereits zur nordamerikanischen Kontinentalplatte.

„Die Azoren erfreuen sich eines subtropischen und ganzjährig milden Klimas.
Daran werden sie sich gewöhnen für die nächsten Jahre!" kann es sich der Skipper nicht verkneifen.
„Ja, so um die 20 Grad ganzjährig ist gerade so auszuhalten."
Sonja kontert wie gewohnt cool.

„Was wollen sie künftig tun?" fragt der Skipper.
„Man muss nicht immer einen Plan haben. Manchmal musst du nur atmen, vertrauen, loslassen und gespannt sein, was passiert."

Am folgenden Tag

Ponta Delgada

"**H**ier, ihr Wachmacher!"
Der Skipper reicht Sonja den Kaffee.
„Der ist bestimmt besser als im Hotel."

Die SY BELANDO ankert im Hafen von *Ponta Delgado*.
Ein Highlight ist die größte Stadt der Insel, welche gleichzeitig der Regierungssitz und auch Hauptstadt der autonomen Region *Azoren* ist.
Besonders der Kontrast vom Schwarz und Weiß der Häuser ist beeindruckend.
Die Wände, der aus schwarzem Basalt erbauten Gebäude, sind weiß gekalkt, die Rahmen und Türen sind schwarz belassen oder mit Streifen in leuchtenden Farben umrahmt - ein tolles Bild für das Auge. Im schmucken Zentrum mit barocken Bauten, Kirchen und idyllischen Winkeln thronen die ehemaligen Stadttore.

Sonja Halbach sieht noch die ankommende neue Crew an Bord kommen.
Vier Personen, die nach England wollen.
Uwe Behrens hat die Weiterfahrt gut organisiert. Segel technisch unbedingt erforderlich. Sonja Halbach schaut noch einige Zeit auf den schmucken Segler.
Die SY BELANDO war viele Monate ihr Zuhause.

Nun wird sie im Hotel Marina Atlantico
einchecken.
Das Hotel liegt direkt am Hafen.

Sonja Halbach folgt der Idee des BILD
Reporter Tom Busch.
Der Bruder ihres ermordeten Chef's Robert
Busch.
Sein Tod soll nicht umsonst gewesen sein.
Die Ermittlungen des Detektives brachten die
SOKO TODESKUSS auf Kurs der Zobel-
Schwestern.
Natürlich war Tom Busch angetrieben von der
Sensationsfischerei. Mit tödlichem Ausgang
für seinen Bruder.
Nach dem verordneten Maulkorb motivierte er
Sonja ein Buch zu schreiben.
<u>DIE ABRECHNUNG</u>
Eine faszinierende Aufgabe und auch
Genugtuung.
Sonja Halbach wird viele Stationen aus
Tätersicht, mit Täterwissen und
Hintergründen schreiben.

2

Berlin

Symptome sind Erbrechen, Fieber, Kopfschmerzen. Erhöhte Herzfrequenz. Rizin ist bereits in niedriger Konzentrationen tödlich. Die LD 50 liegt bei 2 µg/kg Körpergewicht. Eine Aufnahme von weniger als 2 mg kann zum Tod führen. Symptome treten erst mit Verzögerung auf, sie sind unspezifisch und das Gift ist im Körper nicht nachweisbar.

Hauptkommissar Berger war total überrascht worden von der Entwicklung im Fall der Zobel Schwestern.
Liegt eine Schlamperei vor?
Oder ist es eine gezielte Unterlassung von Informationen?
Der Kommissar leitet die SOKO TODESKUSS.
"Hier ein Anruf," hält ihm seine Assistentin OK Lisa Hauser ihr Handy hin.
"Hi, Berger. Tut mir leid. Ehrlich! Hatten Sie ihr Handy aus? Na ja, lebt unsere

Giftmischerin noch oder sagen wir besser, wie
lange noch? Berger, wo sind die Zobel?
Die Presse habe ich am Arsch. Berger noch
sechs Stunden. Dann muss eine Erklärung
herausgegeben werden."

Der Polizeidirektor vernahm noch das zum
Ausdruck gebrachte Gestotter des
Hauptkommissars. HK Berger ist fest
überzeugt von einer Beteiligung Thomas
Jordans. Der beamtete Staatssekretär im
BMWi in Berlin genießt hohe Anerkennung.
Das Attentat auf ihn, eine herbeigeführte
Explosion seines Bootes auf dem *Wannsee*
konnte er nur überleben, weil er zur Zeit des
Anschlages nicht an Bord war.
Thomas Jordan hatte sehr viel Glück.
Zwei von den drei abgegebenen Schüssen
durch Jennifer Zobel trafen ihn.
Ein Schuss in der rechten Schulterseite.
Ein glatter Durchschuss.
Wegen einer weiteren Kugel musste er
operiert werden.
Die Wettmafia hat ihn in der Hand.
Das Netzwerk von Reimann. Die Anhängsel
Schmitz und Jost. Schmeißfliegen in einem
Getriebe von Verbrechen. Tief eingegriffen in
sein Leben das Auslöschen des Lebens der
Eltern der Zobel-Schwestern.
Kollateralschaden nannte Reimann das.
Stefan Zobel war ein sehr guter
Jugendfreund. Gemeinsame Studienzeit.

Gemeinsame Feiern, Urlaube.
Er wollte die Nähe zu Bettina Zobel.
Oft, sehr oft hat er sich die Frage gestellt:
warum Bettina?
Sie zog ihn an. Und, die beiden Töchter
mochten ihn. Aber, es kam anders.
Er konnte damals nach dem Vorfall in
Potsdam keine Gemeinsamkeit, keine Familie
mehr planen.
Und nun die Erpressung durch die
ukrainischen Terroristen.

Die Explosion war so heftig, dass Aufbauten
des Bootes auseinandergerissen wurden.
Insbesondere im inneren Bootsteil entstand
eine Druckwelle, die jegliches Leben
vernichtete.
Dem Flammenmeer zu entkommen schier
unmöglich.
Die Bodyguards Uri Maladow und Serge
Jurikow sprangen als brennende Fackeln ins
Wasser.
Die junge Servicefrau war bei den Gästen Jost
und Schmitz in der Kabine unter Deck. Alle
drei Körper waren zerrissen und durch die
Verbrennung kaum noch zu erkennen.
Wie ein Wunder konnte der Bootsmechaniker
sich retten.
Er hatte das Steuer auf Automatik gestellt.
Sprang wenige Momente von Bord, bevor die
Bombe zündete.
Der Bootsmann war zu dem Zeitpunkt im

Maschinenraum.
Er ertrank in den herein stürzenden
Wassermassen.
Keine Chance blieb dem erfahrenen Seemann.
Herabstürzende Einrichtungen versperrten
ihm den Rettungsweg.
Die Löschung der WHITE STAR bereitet
enorme Schwierigkeiten.
Weitere kleine Explosionen folgten.
Treibstofftanks. Versorgungsbehälter.
Taucher holen die zwei Männer aus dem
Wasser.
Mit einem Beiboot werden sie zu den
Krankenwagen gebracht.
Noch vor Ort passiert die erste Notversorgung.
Völlig erschöpft erreichte der Schiffstechniker
das Ufer.
Langsam schleppte er sich zum
Schilfbewuchs an dem Ufer. Es dauerte noch
einige Stunden, bis die drei Leichen aus dem
Bootsinneren geborgen wurden.

Jordan ist eine Schlüsselfigur im Fall der
Zobel. Fall Zobel? Der hat durch die Morde an
Jordans Nachbarn, der Krankenschwester in
der Charitè und seinem Bootsmann
unheimliche Fahrt aufgenommen.
Viele halten Thomas Jordan für ein Opfer.
HK Berger sieht ihn als Täter.
Hält ihn für einen Auftragsmörder.
Durch wen kann er an die Verbrecher in
diesem Dreiecks-Mordfall kommen?

3

Berlin

Für die Terroristen ist Thomas Jordan, der
Deutsche, ein exstrem angesagtes Feindbild.
Thomas Jordan, der Mann im deutschen
Wirtschaftsministerium,
Zuständigkeitsbereich: Energiewirtschaft.
Vertragsaushändler für das Pipeline-Projekt
NORDSTREAM.
Thomas Jordan ist sich sicher:
die urkainischen Terroristen werden ihn auch
weiterhin attackieren.

Offen ist noch die Abrechnung mit den Zobel-
Töchtern.
„Jennifer Zobel ist tot.
Gestorben im Polizeikrankenhaus.
Sie lebte nur noch wenige Tage nach der
Verhaftung in Ihrem Haus."
Thomas Jordan hat diese überraschende
Nachricht von HK Berger nie glauben können.
Jordan, der gewiefte Politiker, traut HK
Berger viel zu.

Viel Schlechtes. Und nicht gerade, dass er
Jana Zobel endlich verhaftet.
Die Einschaltung des Detektiven Tobias Stern
brachte ihm kein gewünschtes Ergebnis.
Immerhin die Gewissheit, dass man mit Geld
viel lösen kann.
Sein Detektiv hat beste Kontakte zu den
Ermittlern.

„Ja."
„Hier ist Jordan. Herr Stern wir sollten uns
unterhalten."
„Nicht am Telefon!"
„Bewegen sie Ihren Arsch zum MOMMSEN
ECK."

Thomas Stern muss fast 20 Minuten warten.
„Tut mir leid, diese beschissenen Staus!"
„Hab auf Ihre Rechnung die Zeit genutzt und
meinen Durst mit dem Bier des Tages
gelöscht. Okay waren schon zwei."
„Was und wie viel sie trinken ist mir
Scheißegal, Stern."

Thomas Stern fällt der neue Tonfall ihm
gegenüber auf. Lässt sich auf keine
Provokation ein.
„Stehen noch die 10.000 pro Frau?"
Jordan weicht aus. „Es gibt ein Problem!"
„Ein neues oder weitet sich Ihr Problem aus?"

Blitzschnell läuft im Kopf des Detektives das
Treffen mit Jana Zobel in Irland ab.

Ja, er war ganz nah dran.
Die SY BELANDO lag in der *Bantry Bay*.
Jennifer Zobel sollte an Bord sein. Jana Zobel war auf dem Weg zu ihr. In einer Raststätte dann das Aufeinandertreffen. War es nur das Geld? Warum hat er sich darauf eingelassen?

In Tobias Stern`s Gesicht kommt ein Lächeln. 15.000 von Jana Zobel waren nun einmal mehr als die 10.000 seines Auftraggebers. Und warum soll er die eigentlich liegen lassen? „20.000 Herr Jordan!" Er fügt leise hinzu: „Probleme sind teuer, haben einen sagen wir moderaten Aufschlag. Sehen sie es so: wir leben im Kapitalismus."

„Stern, ich bin nicht zum Verhandeln hier. Und ich denke wir sind nicht auf einem marokkanischen Basar. Okay, wenn die eine Zobel tot ist dann eben das ganze Geld für die andere. Gibt es einen Anhaltspunkt? Wie wollen sie vorgehen?"
Tobias Stern hat die Observierung der SY BELANDO nicht preisgegeben. Natürlich wird er da weitermachen. Ein Schiff verschwindet nicht einfach so.
„Können wir dabei bleiben: ich mache die Arbeit, sie zahlen. Andere Regeln brauchen wir nicht." Stern weiß: Thomas Jordan ist im Zugzwang. "Ach, lecken sie mich doch!"
„Herr Jordan, wegen paar Krümel zum Nascher werden. Nein danke!"

4

Hamilton

Jana springt auf.
Läuft ins Bad. Sie schaut in den Spiegel.
Schweißgebadet.
Auch ein Glas Wasser gibt ihr keine Ruhe.
Fast jede Nacht hat sie Träume.
Bewegende Szenen.
Ja, sie fühlt sich schuldig.
Aus Liebe zu ihrer Schwester Jennifer hat sie als Racheakt gemordet.
Der ESCORT-Engel. Selbstjustiz.
Auf der Flucht mit Ben Nolte in Graz und Wien weitere Tote.

Sie nimmt einen roten Lippenstift.
SCHULDIG.
Nun steht es groß geschrieben auf ihrem Spiegel im Badezimmer.
Jana nimmt eine Sektflasche.
Entkorkt die Flasche gekonnt und schenkt

zwei Sektgläser hastig voll.
„Prost ihr Männer-Schweine auf dieser Welt."

Sie hört leise die Antwort.
„Prost Jana."
„Ich heiße Diana Fuchs."
Jana schmeißt das Glas an den Spiegel.
„Du kannst mir nicht weh tun. Jana!"
Sie nimmt das andere Glas. Trinkt es aus und schmeißt es ebenfalls an den Spiegel.
„Gut so, Jana. Lass es raus. Akzeptiere:
DU BIST SCHULDIG!"

Jana bekommt einen Weinkrampf.
Läuft ins Schlafzimmer.
Wirft sich auf durchgewühlte Bett.
„Ich heiße Diana. Diana. Diana Fuchs."
„Nein Du wirst immer meine kleine Schwester sein. Komm in meinen Arm Jana. Wir werden uns immer lieben!"
„Du bist tot. Jennifer. Tot. Tot!"

Jana fasst sich an die Scheide.
Nimmt den zarten Finger immer wieder.
Wild dreht sie sich hin und her.
Ihr Becken bebt.
Die Brüste stehen straff geformt.
Ihr Po ist im Ryhthmus und Jana sieht ihn in mehreren Spiegelvariationen.

Das Klopfen an der Tür ignoriert sie.
Schnell geht sie ins Bad und räumt die
Glasscherben der Sektgläser weg. Richtet die

Bettwäsche und hängt über Ihren nackten
Körper einen weißen Bademantel.

Roy Hammond hatte Nachtschicht.
Sein Taxi unweit von Diana Fuchs Unterkunft
geparkt.
Er ist das Warten gewohnt.
Steckt sich eine Zigarette an.
Dann geht er nochmal zur Eingangstür.
Klingelt noch dreimal.

Jana Zobel kennt er nur als Diana Fuchs.
Einmal konnte er sie näher kennenlernen.
Inklusive Ihrer Reize.
Ungewöhnlicher Sex mit dieser Frau.
So etwas erlebte er bisher nicht.
Heute zieht es ihn einfach zu Ihr.
Roy hat viele Fragen. Und Diana deutete ein
Wiedersehen an.
Der Taxi-Fahrer geht einige Schritte.
Ist etwas passiert?
Diana ist nicht zu erreichen.
Er hört im Wagen ein Signal.
Geht schnell zum Auto. Startet den Motor
und fährt davon.
Jana ist erleichtert.
Was will so früh am morgen der Mann.
Okay, sie hat einmal mit ihm geschlafen.
Ja, ein Notfall.
Sie brauchte es. Er saß am Nebentisch in
einem Restaurant. Sie hat ihn „aufgegabelt",
verabredet und Sex gehabt.

Das Klima auf den BERMUDAS ist
subtropisch feuchtwarm.
Das Jahresmittel um die 21 Grad C.

Die Überfahrt mit der SY BELANDO im
Oktober verlangte Ihr auf See alles ab.
Eigentlich gut über den Atlantik gekommen,
bei herrlichem Segelwetter die karibischen
Inseln passiert, traf es die Crew auf dem Weg
in das nordamerikanische Becken schwer.
Die kleine Crew bestand noch aus einer
anderen Frau und dem Skipper.
Eine echte Schicksalsgemeinschaft.

Jana verließ mit dem Dingi die SY BELANDO.
Nahm das Gewehr mit und zeigte vorher den
an Bord verbleibenden noch den Film der
Videoaufnahme auf Ihrem Handy.
Es zeigt die Verabreichung des Giftes.
Die beiden letzten Platinkügelchen.
Vor zwei Jahren waren es noch fünf.

Einigen Monate wohnt sie nun in einer
Wohnanlage. In der Nähe von *Astwood Park*
hat sie ein Reihenhaus reservieren lassen.
Ein Schnäppchen von 200.000 Dollar.
Ab Januar 2015 kann es bezogen werden.
Sie hat es sich angesehen. Malerische
Aussicht.
Feiner Sandstrand.
In der Nähe ein Golfplatz.

Jana geht an den Vorratsschrank.
Nudeln sind schnell zubereitet.
Trockentomaten. Einige Gewürze. Thunfisch
aus der Dose.Sie schenkt sich ein Glas Wein
ein und stellt das Essen auf den Tisch.
"Prost Diana!"
Ihr Handy macht sich bemerkbar. Eine SMS.
Sie liest den Absender. Schaut zweimal hin.
Bernd. Bernd Kleinschmidt aus Wien.
„Bin in 15 Stunden bei Dir."

Jana schaltet schnell. Legt das Handy
beiseite. Nach dem Essen setzt sich Jana im
Schneidersitz auf das helle Ledersofa. Eben
stand sie noch, jetzt sitzt sie mit verknoteten
Beinen. Jana kneift sich. Schaut auf das
Handy. Holt sie die Liebe ein? Liebe? Sie ist
auf der Flucht. Ja, Leben kann wirklich schön
sein. Für sie vielleicht das nächste Leben.
Vorurteil hin oder her. Es ist was dran. Daher
doppelt gefährlich. Sie nimmt das Handy und
liest laut vor: „Bin in 15 Stunden bei Dir."

Oh, mein Gott.
Die nächsten Minuten fesseln Jana`s
Gedanken.

Vor einigen Monaten.

*Irgendwo in den Bergen
Österreichs*

5

Während Jana die große Plane auslegte, wirft sie einen Blick auf den im Nebel liegenden Bergkamm. Ihre Kehle ist ausgedünstet.
Mit zitternden Muskeln setzt sie sich an einem Felsvorsprung.
Sie war allein, mit sich, den Tannen und wenigen Eichen. Der karge Untergrund gibt dennoch einige Baumwurzeln frei.

Sie hatte immer ein friedliches Leben geführt.
Nun sind es vor allem Rachegedanken, die sie wachhalten.
Unter dem Schein des Mondes schaffte sie es die schroffe Gebirgslandschaft zu bewältigen.
Überquerte reißende Stromschnellen.
Momente voller Gefahren.
Als sie bei einem Bach das Gleichgewicht verlor, blieb nur ein Weiterschwimmen in dem kalten Nass.
In der letzten Nacht gelang es in eine Berghütte einzudringen.

Ja. Gott ist mit ihr auf dem Weg. Sie versorgt sich mit den Lebensmitteln in der Hütte.
Lange bleibt sie an keinem Ort. Sie wünschte sich so sehr die Wärme. Die Wärme von

Jennifers Armen.

Das Frösteln holt sie in die Wirklichkeit
zurück. Eine kalte Wirklichkeit.
Ein Lagerfeuer spart sie sich heute.
Sie wickelt sich eng in die Plane ein.
Schließt die Augen. Zu träumen wagt sie
nicht.
Es ist kein Märchen.
Sie ist auf der Flucht. Traurige Realität.

Als Jana aufwachte, war sie benommen.
Der gestrige Anstieg war sehr anstrengend.
Sie hat zu wenig getrunken. War vollkommen
ausgetrocknet.
Das Gesicht kommt ihr wie aufgequollen vor.
Sie gießt sich zwei Liter Wasser über den
Kopf, ins Gesicht.
Sie ist der einzige Mensch in dieser so wilden
Landschaft. Geräusche kommen nur von sich
biegenden Baumästen.

Jana räumt ihr kleines Lager auf.
Rollt die Plane zusammen.
Ihren Taten kommt nun noch Diebstahl
hinzu. Perfekt sitzt die Winterjacke.
Die Stiefel, warm gefüttert. Handschuhe.
Der nächste Winter kommt bestimmt.
Und sie will weiter.
Immer weiter.

Die Bergkämme schimmern bedeckt vom
Schnee. Da will sie hin. Muss sie hin. In die

winterliche Einsamkeit.
Eine tief verschneite Berghütte.
Schutz bietend. Vor Kälte. Sturm.

Sie beißt in einen Energieriegel.
Atmet die frische Morgenluft ein. Der heutige Tag verspricht ein klares Wetter. Kühl, aber sonnig. Wenig Wind. Sie hört das tiefe Grollen der Wassermassen in den Gebirgsschluchten.
Diese Schwierigkeiten hat sie geschafft.
Unvorstellbar. Was hält sie am Leben?
Ein Leben ohne Sinn?

Jahrtausende hatte der Gebirgsfluss die Konturen der zerklüfteten Gebirgsgesteine geschaffen.
Ja, es ist die Zeit. Es sind die Wiederholungen. Die Zeit hat für Jana keine Bedeutung mehr. Hier oben. Die Tiere kennen ohnehin keine Zeit. Sie sieht einen Steinadler fliegen.
Ein Herrscher in den Lüften.
Ja, es wird einsamer.
Dort, wo die Könige des Himmels sind, ist freies Leben möglich.
Sie will f r e i sein.
Da will sie hin, in die winterliche Einsamkeit.
Auf die Berghöhen, tief verschneit.
Sie spürt keine Schuld. Sie hat die von Geilheit besessenen Männer erlöst. Vergiftet.
Die wollten ihre Diamanten.
Die mit Diamanten versehenen

Brustknospen.
Knospen des Glücks.
Nannten die Männer es. Begehrten sie.

Ja, sie fühlt sich jetzt frei.
Frei von den Männern. Dem Arzt, Schuld am Tod ihres Vaters Stefan.
Frei von dem Banker. Schuld am Tod ihrer Mutter Bettina.
Ihr schauderte nicht bei den Gedanken.
Es überkommt eine große Genugtuung. Die Männer machten einen Fehler. Waren sich zu sicher in ihrer vertrauten verbrecherischen und korrupten Welt.

Jana stemmt sich gegen einen Felsbrocken.
Legt ein Sicherungsseil an.
Der Berg unter ihr scheint zu lachen.
Sie geht an ihre Grenzen.
Klettert mit letzter Kraft über den kantigen Felsvorsprung. Sie nimmt tiefe Atemzüge.
Gönnt sich keine Pause.
Weiter, komm Jana weiter.
Sie lässt sich auf einen Felsen fallen.
Rutscht etwas hinab. Kann sich an einem der immer weniger werdenden Baumäste festhalten. Danke! Sie schaut nach oben.
Sieht einen klaren blauen Himmel.
Keine Wolke.

Im Mai 2014

Wien

Heute, an dem Sonntag im Mai, ist der Zug fast vollbesetzt. Jana hat keine Platzreservierung. Ein Fehler? Sie geht den langen Flur im Zug der *ÖBB* entlang und schaut verlegen in die Abteile.
"Kommen sie herein, hier ist ein Platz frei."
Der ältere Herr räumt den Platz leer und bietet ihn Jana an.
"Danke, sehr nett."
Sie stellt den Rucksack zwischen ihre Beine.
"Vier Stunden?"
"Ja, aber die gehen schnell rum."
Der Mann schaut beim Sprechen über den Rand seiner Lesebrille.
"Stimmt, ein gutes Buch vertreibt die Zeit."
Der Mann hält sein Buch Jana entgegen.
"Spannender Kriminalroman!"

Jana liest den Titel. Rotes Blut ziert das Cover. Als wenn es aus dem Buchdeckel herausläuft. "Ja, ich lese gerne etwas von

dem Autor?"
"Was lesen Sie gerne?" Der Mann sieht wie
Jana, ohne zu antworten, die Augen zufallen.
Der Schlaf war nur wenige Minuten. Der
Zugbegleiter wollte die Fahrkarten sehen.

Jana wickelt sich in ihrem Schal ein.
Zieht die Mütze tief ins Gesicht.
Ohne Gedanken zu haben, schläft sie gut 60
Minuten.
Der Zug geht bis nach Budapest-Keleti.
RAILJET. Jana weiß, es ist auch ein
Speisewagen dabei.

Als sie aufwacht, hat sie schon zwei Stopps
verpasst. Der Buchleser, ihr Gegenüber, hat
das Buch auf dem Sitz gelegt und ist in den
Speisewagen gegangen.
Jana reibt sich die Augen, sucht das WC auf
und geht einige Waggons weiter in Richtung
Speisewagen.
Der Mann sitzt dort alleine am Tisch.
"Darf ich mich zu ihnen setzten?" fragt Jana
ihn und setzt dabei etwas auf einen guten
Gesichtsausdruck mittels nachgezogenem
Lippenstift.
"Gerne. So alleine reisen. Na ja. Mit meiner
verstorbenen Frau bin ich viel unterwegs
gewesen. Zug. Flug. Ach, was sollst."

Jana fragt neugierig nach.
"Sind sie schon lange alleine?"

"Es werden im Sommer zwei Jahre."
Dann erzählt er. Muss sich mitteilen.
Seine Frau ist bei einem Autounfall
verunglückt. Tragisch. Er überlebte.
Eigentlich wollte er fahren.
Es kam anders.

Die Bedienung kommt mit der Speisekarte.
Jana hat schnell gewählt.
Der Mann bleibt noch sitzen bis sie fertig
gespeist hat.

Gemeinsam gehen sie in ihr Abteil zurück.
Noch gut 90 Minuten. Wien. Für Jana ein
Zwischenziel. Während des Essens im
Speisewagen stellte sich der ältere Herr vor.
Kleinschmidt. Bernd Kleinschmidt. Chirurg.
Den Dr. Dr. und Professor lässt er weg.
Er ist aus Wien. Für ihn ist es die Heimfahrt.
Eine Fahrt in einen dreiwöchigen Urlaub.
Ausspannen. Zeit für sich zu haben.
Für die Tochter und Enkelkind.
Der Arzt ist eine anerkannte Kapazität.
Spezialist für Gefäß-Chirugie.
Zur *UNI-KLINIK* in Innsbruck wechselte er im
Jahr 2002.
Jana gibt sich als Diana Fuchs aus.
Wie auch sonst. Selbstbewusst.
Sie ist stolz auf ihren Ausweis.
Morgen wird sie ihn testen. Alles von Daniel
Simon hat geklappt.
Das Gift, die Pistole. Der Ausweis?

"Wie gehts bei Ihnen weiter, Frau Fuchs?"
"Ich musste umplanen!"
"Der Freund?", fragt der Arzt mit dem Hinweis nicht indiskret wirken zu wollen.
"So ist es." Jana erzählt vom Urlaub in den Bergen.

"Ja, besser so als nach Jahren eine teure Scheidung."
Er erzählt von dem Pech seiner Tochter.
Zeigt ein Foto von ihr mit dem Enkelkind.
"Wir dachten die Beiden heiraten."
Jana hat Vertrauen zu dem Mann.
"Und wie gehts bei Ihnen weiter? Ich meine die Reise natürlich?"
"Eigentlich erstmal weg. Weit weg," sagt Jana ganz ehrlich und drückt ihre Gefühle dabei ungeniert aus.
"Also Fliegen?"
"Ja, denke, Wien ist ein gutes Drehkreuz."

Dann macht er Jana einen Vorschlag.

Stunden später schaut Jana auf das verzierte Klingelschild. KLEINSCHMIDT.
Gute 35 Minuten brauchten sie mit dem Fahrzeug des Arztes zur Wohnung.
Der Blaumetallic lackierte *MERCEDES* stand auf dem Parkplatz am Bahnhof.
Der nette ältere Herr schließt die Haustür in dem Mehrfamilienhaus auf. Das edle Treppenhaus des Hauses lässt auf eine

komfortable Wohnung schließen.
Im 3. Geschoss angekommen stehen sie vor der weißen Wohnungstür.
Eine schwere Tür mit edlen Beschlägen.

Die Stufen des Treppenhauses sind mit Teppichboden ausgelegt, gehalten von Messingstangen. Jana hat nicht lange gezögert.
Das Angebot des im Prinzip ihr unbekannten Mannes klang vertrauenswürdig. Und praktisch.

"Ich muss mal schauen, was der Kühlschrank so hergibt. Bin gar nicht auf Damenbesuch eingerichtet." Dr. Bernd Kleinschmidt untertreibt. Der Kühlschrank ist gut sortiert.
Jana fällt auch der Barwagen auf.
Der Arzt kommt mit zwei Handtüchern in den Raum zurück.
"Wenn sie sich frisch machen wollen, Frau Fuchs." Jana nimmt das gerne an.
Dann zeigt der Mann ihr das Gästezimmer.
"Das war früher das Zimmer unserer Tochter." Jana betritt den Raum, öffnet gleich das Fenster. Sie hat einen herrlichen Blick.

Ja, Wien hat was. Flair. Unbestritten eine echte Metropole.
Bernd Kleinschmidt hat Lasagne in den Backofen der E-Herd-Kombination geschoben.

"Hat meine Tochter gemacht."
"Nicht wie Sie denken, die ist nicht alt, ich meine die Lasagne." Er lacht.
Seine Tochter kommt so alle zwei Wochen.
Schaut nach dem Vater. Bringt Eingefrorenes mit.

"Ja, das ist schön."
Sie erinnert sich an die eigene Familie.
Die Zeit mit Mutter und ihrem Daddy.
"Meine Eltern sind leider ganz früh gestorben, viel zu früh, jung an Jahren."
"Das tut mir leid."
Der Arzt fragt interessiert nach.
"Auch ein Unfall?"

"Sie wurden ermordet!"
"Mein Vater stand unter Tabletten beim tödlichen Verkehrsunfall. Meine Mutter wurde erschossen."
"Das ist ja schrecklich."

Jana bringt sich ein.
Findet in der Küche das nötige Geschirr.
Deckt den Tisch.
Der Arzt stellt zwei Weingläser auf den Esstisch. Große Gläser. "Rotwein, denke ein guter trockener Tropfen?"
"Spanisch?"
"Ja, ein *Rioja*!"

Als der ältere bietet der Arzt Jana das "DU" an. "Bernd!" Die Gläser klirren." Diana!"

Den obligatorischen Kuss wollte der Mann
weglassen. Jana hält die Wange hin.
Der Mann kann mindestens Ihr Vater sein.
Die erste Flasche Wein ist schnell verzehrt.
Der Arzt kommt mit der zweiten.
"Ich muss Online was schauen. Solange es
noch geht, meine, so lange ich fit bin."
Der Arzt verschafft Ihr Zugang zum PC.
Jana geht auf die *RYNAIR*-Plattform.
Gibt Dublin ein.

"Oh, ich kann um 8.00 Uhr fliegen. Bisschen
früh. Da ist ja aufstehen um 5.00 Uhr
angesagt."
"Spätestens." Der Arzt nimmt die Lasagne aus
dem Herd. "Sieht ja echt lecker aus!"

"Die sieht nicht nur so aus, die ist lecker!"
Er zieht sich die Küchenhandschuhe aus.
"Na, denn zum Wohl."
"Prost," sagt Jana. "Diana, Du bist wirklich
eine schöne Frau." Er steht auf. Holt ein
Fotoalbum. Zeigt eine Anzahl von Bildern.
Die Lasagne ist heiß. Kann warten.

Jana sieht eine hübsche junge Frau.
"Wann haben sie geheiratet?"
„Wir hätten in zwei Jahren Silberhochzeit."
Eigentlich ist Ihr das klar. Sie wollte nur das
Alter des Mannes herausbekommen.

Bernd legt eine alte Schallplatte auf.
Nostalgisch der alte Plattenspieler. Jana fühlt

sich wie in eine frühere Welt versetzt. Warum eigentlich?
NEW YORK-NEW YORK. Swing.
Sie steht auf. Der Mann versteht.
Sie tanzen perfekt zusammen nach dem Oldie-Hit. Der Rotwein ist leergetrunken. Bernd kommt mit einer geöffneten Sektflasche aus der Küche. Gedanken an den Banker Reimann kommen Ihr. Sylt.
War es ein Fehler? Wie wäre Ihr Leben verlaufen? Klar, ein Mord weniger.

Sie schaut den Arzt an. Warum eigentlich nicht? Wenn sie es den älteren Männern als ESCORT für Geld besorgen musste, warum nicht auch aus Freundschaft?

"Darf ich dich was fragen, Bernd?"
"Nur zu."
"Wann warst du zuletzt mit einer Frau im Bett?" Der Arzt hatte viel erwartet. So eine Offenheit nicht. "Diana, darf ich dich küssen?" Wenn es etwas ist, was Jana nicht mag, dann Fragen. "Nimm mich, Bernd. Frag nicht!"

Der gutsituierte Arzt ist nicht gierig nach Fleisch. Er nimmt Jana in den Arm. Sie fühlt sich geborgen. Ein ganz neues Gefühl. Echte Herzenswärme. Sie merkt, das sich was bei dem Mann regt. Normal. Sie löst sich von der Umarmung und kniet sich vor dem Mann hin.

Öffnet ihm die Hose. Fasst den kleinen Bernd an. Der wird zum Helden. Sie masturbiert eine Zeit. Dann kurz vor der Erregung hört sie auf. Gekonnt zieht sie ihren Pullover hoch. Öffnet den BH. Streift ihn ab. Bernd sieht den Wahnsinn. Eine herrliche Brust mit stehenden Knospen. Zärtlich berührt er den Knospen Hof.

"Unsere Lasagne." Er küsst sie weiter.
"Die muss warten!" Jana findet sich auf der großen Ledercouch wieder. Viele Kissen umgeben sie. Sie rekelt ihre Kurven in eine flauschige Decke.
Bernd sitzt auf einem Sessel. Passend zur Couchgarnitur.
Sein Kopf ist voller Fragen.
Er braucht Antworten. Es sollte so sein.
Er musste diese Frau treffen.
Sie kann seine Tochter sein.

"Hast du schon eine Entscheidung getroffen, Diana?" Diana schaut ihn mit großen Augen an. Diese Frage hat sie irgendwann erwartet. Der Mann hat Urlaub. Bekommt sicherlich Besuch.
"Wie hast Du Dich denn verplant?"
"Na, ja. Meine Haushaltshilfe kommt zweimal die Woche. Das kann ich rausschieben. Und meine Tochter. Die wird mich besuchen kommen mit dem Kleinen."
Bernd geht zum Sofa.

Hält Dianas Hand. "Bleibe doch ein paar
Tage. Womit kann dich am meisten erfreuen?"
Diana lacht.
"Frühstück ans Bett.
Shoppen gehen. Kino!"
Bernd zeigt sich erleichtert.
"Gutes Programm. Bin ich dabei. Drei Tage?"
"Denke Priorität ist Frühstück ans Bett."
Bernd stellt sich vor: einen ganzen Tag mit
der Frau im Bett. Jana kann sich Bernds
Gedanken vorstellen.
"Ja, lesen im Bett!" Fantasien gehen mit ihr
durch.
Wie sie Bernds Hand nimmt, an ihre Scheide
führt.

Ja, sie will diesen Mann glücklich machen.
Und sich was gönnen.

Wien. Hofburg. Sacher. Getreu dem Motto:
man gönnt sich ja sonst nichts.

Die Bettwäsche im Gästezimmer bleibt diese
Nacht unbenutzt.
Sie schläft bei Bernd. Sie musste ihn fest
halten, als er in Tränen ausbrach.
Was für ein Mann.
Zwei große Bodenvasen beherbergten jeweils
eine große weiße Kerze. Ausreichend der
Schein um Janas Körper zu beleuchten. Die
Beine hat sie einladend, leicht gespreizt
angewinkelt.

Der Mann legt sich hinein.
Eine mollige Wärme erfüllt ihn. Jana zieht ihn an sich heran.
Führt seinen Penis ein.
Wilde Stöße bringen sie in Ekstase.
Sie schmeißt Bernd herunter.
Türmt sich über ihn auf. Wild ihr Rhythmus.
Sie legt sich auf die andere Bettseite.
Bernd will zu Ihr.
"Warte! Pause. Wir haben Zeit, Liebling."
Sie schaut auf Bernds Penis. Der scheint sein Versprechen zu halten.
"Ich mache es Dir. Nur für Dich, Diana."
Jana überlegt. Ob Bernd wohl zweimal kann? Bestimmt. Wie viel Pause muss sie ihm lassen?

Etwas beruhigt bedient Jana nach einer Weile Bernd gutes Stück.
"Zeig ihn mir."
Sie lässt keinen Zweifel aufkommen.
Nimmt eine andere Stellung ein.
"Aber ich will noch mehr."
Jana gibt die Richtung vor.

Der Fluch der Gewohnheit.

Am kommenden Morgen

"**V**ersprochen ist versprochen!"
"Guten morgen, Diana." Bernd bringt
nacheinander zwei Tabletts mit einem
köstlich zubereiteten Frühstück in das
Schlafzimmer. Jana war bereits im Bad.
Sie trägt einen hellblauen Bademantel. Sie
hat den aus dem Gästezimmer genommen.
"Du duftest ja besser als der Kaffee."
Bernd gibt Jana einen Kuss.
"Danke, Du bist lieb."
Zuerst essen sie eine besondere Müsli-
Mischung.
"Woher wusstest Du das, ich liebe Nüsse im
Müsli." Dann steht Bernd nochmal auf.
Holt ein frisch zubereitetes Spiegelei mit
gekochtem Schinken auf Toast gelegt.
Bernd hat Orangensaft in die Gläser
gegossen.
"Nicht frischgepresst, sorry!"
Seine Haushälterin besorgt den Einkauf.
Sie ist bereits zu Lebzeiten seiner Frau im
Haushalt.
Hauptsächlich Wäschedienst.
Bügeln.
Jetzt macht sie auch die Reinigungsarbeiten.
Früher hatten die Kleinschmidts dafür noch
eine Reinigungskraft.

"Magst Du Weintrauben?", fragt Bernd Diana.
"Ja gerne, Obst ist mein Ding."
"Fühl Dich wie zu Hause."

Jana trifft der letzte Satz wie ein harter
Schlag. Zu Hause.
Sie hat kein Z u h a u s e. Eigentlich nie
mehr richtig gehabt.
Viele Jahre im Heim. Dann der Umzug nach
Berlin. Die kleine Wohnung. Ihr kommen
Zweifel, ob die lesbische Liebe mit Ihrer
Schwester Jennifer richtig war.
Es war eben so.
Männer wollten sie beide nicht.
Männer wollten sie strafen. Bestrafen. Jetzt
hat sie ein Zuhause. Sie fühlt es. Nur noch
zwei Tage. Ihr Blick war wohl etwas in sich
gekehrt.
Bernd hat das so gedeutet:
hat er einen Fehler gemacht?
Er will sich nicht aufdrängeln.
Die junge Frau nicht einengen. Kann sich
schon vorstellen sie ganz in Wien zu behalten.
Es muss der richtige Moment kommen.
Der wird kommen.
Und wenn nicht?
Er stellt sich mindestens noch 10 Jahre
Zusammensein mit der Frau vor.
Ach was 15, 20 Jahre. Er ist fit. Gesund.

Was wird seine Tochter sagen?
Vater verliebt.
Eine Neue Frau.
Klischees können bedient werden. Jana stellt
das Tablett auf den Boden. Nimmt es von
Bernd herunter und stellt es auch hinab.

Packst Du gerne Geschenke aus?", fragt
Jana kess und öffnet Ihren Bademantel.
"Kannst du schon wieder?"
"Was heißt schon wieder, noch immer!"
Sie küssen sich. Jana wird schnell feucht.
Sie legen sich aneinander.
Schlafen bald wieder ein.

Draußen ist ein herrlicher Tag mit viel
Sonnenschein.
Dr. Kleinschmidt bringt Diana Fuchs zum
Flughafen.
Der Flughafen Wien-Schwechat, Englisch
Vienna International Airport genannt, ist der
größte und bekannteste österreichische
Flughafen. Er ist Heimatflughafen und
Drehkreuz von Austrian Airlines,
Laudamotion, Eurowings Europe, Level,
EasyJet Europe und Wizz Air.

Der Flug nach Dublin beginnt in gut 90
Minuten.
Bernd Kleinschmidt hat Diana noch zwei Tage
verwöhnt. Sie machten einen Tag lang einen
ausführlichen Stadtbummel.
Der gewünschte Kinobesuch ein Highlight.
Sie schauten einen spannenden Thriller mit
Tom Hanks an. Nun ist Abschied angesagt.
Der Arzt hält lange Dianas Hand.
Sieht Diana dann mit dem neu gekauften
roten Trolli in den Abfertigungsbereich gehen.

Diana schafft es nicht sich umzuschauen.
Bernd hinterher zusehen.

Tief in sich gekehrt stellt sie sich nun auf die Realität ein.
Sie ist auf der Flucht.
Noch während sie in dem Wartebereich auf einer Bank sitzt, kommt es über den TV-Bildschirm.
<u>GRAZ-MORD. Mutmaßlicher Täter gestellt. Im Schusswechsel mit der Polizei erschossen</u>.
Das Bild von Ben Nolte sieht sie nicht mehr.
Der Flieger steht zum Einstieg bereit.

Nun geht es in einen weiteren Abschnitt eines jungen Lebens voller Hoffnung.
Die Hoffnung auf Jennifer.
Jennifer Zobel.

Im Dezember 2014

Wien

Es war gestern ein langer Fernsehabend.
Der heutige Tag wird eine neue
Herausforderung.
Wie wird seine Tochter mit der Situation
umgehen?
Die Kaffeekanne fällt auf den Boden.
"Halt, nicht auch noch das Geschirr!"

Draussen peischt der Wind den Regen an die
Fenster.
Starker Sturm sicherlich auch am Flughafen
in Wien. Trotzdem ist Bernd Kleinschmidt
frohgelaunt.
Es war bei der jungen Frau die Liebe auf den
ersten Blick.
Die Fröhlichkeit des graumelierten Arztes
seine wohl beste Waffe.
Immer gut gelaunt.
Offen. Der Umgang mit Menschen.
Er mag Kinder.

54

Er wollte Diana Fuchs kennenlernen.
Es passierte, wie es kommen muss. Seine
Augen blitzten damals um die Wette mit
ihren. Grüne Augen.
Viel Zeit miteinander ist ihnen noch nicht
vergönnt gewesen.
Diana kann kess und sexy sein.
Im Prinzip die perfekte Partnerin. Treu.
Gesellig. Nicht unterwürfig. Sie ist intelligent
und interessiert sich für das Zeitgeschehen
auf der Welt.

Der Taxifahrer zum Flughafen hat
beschwingte Musik an.
"Wie läuft das Geschäft," will Bernd wissen.
"Fragen wie diese und wie das Wetter ist.
Beide gleich. Meistens Scheiße."
Bernd lacht. Harter Job. Taxi. Flughafen
sowieso.
Lange stehen in den Wartezonen. Wenn dann
mal ein Volltreffer kommt, so eine 100 Euro
Tour, ist das wie ein Sechser im Lotto. Der
Taxifahrer, ein junger Bursche, arbeitet im
elterlichen Betrieb.
Vater und Mutter jeder einen Wagen. Er und
die Schwester machen oft die Nachtschicht.
"Macht 28 €, mein Herr."
Bernd Kleinschmidt gibt ihm 30 Euro.
"Passt so."
"Danke." Der Taxifahrer bringt noch die
beiden Koffer zur Eingangshalle und fährt
langsam davon.

Der Regen hat aufgehört, ein ruhiger
Nachthimmel wird sichtbar.

Bernd erinnert sich an eine der vielen Fragen
seiner Tochter.
"Wo habt Ihr Euch kennengelernt?"
Und dann: Ist diese Frau, Diana die Frau, die
in ganz Deutschland gesucht wird?"

Er erinnert sich an die Rechtfertigungen:
"Halte mich nicht für verrückt. Ich kenne
Diana. Halte Dich fest-ich liebe diese Frau!"

Seine Tochter hatte Unrecht.
Diana wird in ganz Europa gesucht.
Wahrscheinlich auf der ganzen Welt.

Alle Erinnerungen kommen.
Beide sitzen auf dem Sofa. "Wir müssen die
Polizei informieren."
„Vater, Vater!"
Spannende Minuten entscheiden.
Gespenstisch ruhig diese dunkle Nacht.
Vater und Tochter warten.
Es bleibt ruhig. Kein Licht.
Das Straßenlicht flackert und der Schein
spiegelt sich auf der nassen Straße als
Bernds Tochter die Wohnung verließ.
Jeder fühlte sich wie ein Gewinner.

Bernd machte noch in der Nacht den Plan für
die Zukunft in einem mörderischen Spiel.
Seine Liebe deckt die Realität zu.

Recht und Gesetz? Gerechtigkeit!
Diana schuldig?
Hat sie den Mord an Ihren Eltern gerächt?
Die Wahrheit wird ans Licht kommen!

Haben sie bereits eingecheckt, Herr
Kleinschmidt?"

„Ja, ich habe zwei Koffer aufzugeben."
Die junge Frau am Schalter wünscht ihm
einen guten Flug. Bernd hat noch eine gute
Stunde Zeit. Gelegenheit in der Abflughalle zu
bummeln.

Er stellt sich seine Zukunft spannend vor.
Dann schreibt er Diana Fuchs eine SMS.
<u>„Bin in 15 Stunden bei Dir!"</u>

Wien

Christa Kleinschmidt findet in der Wohnung
ihres Vaters den Abschiedsbrief.
Sie sagt für heute erstmal alle Termine ab.
Ihr ist schlecht.
Christa schaffte es gerade noch zum Brechen
auf die Toilette in der Wohnung.

In ihrem Kopf sind zwei Morde in Graz.
Beide Morde sind d a s Gesprächsthema in
ganz Österreich. Die polizeilichen
Ermittlungen brachten es schnell heraus.
Beide Tote sind Deutsche.
Beide im Bereich und Dienst von
Fluggesellschaften. Die gesamte
Presselandschaft arbeitet auf Hochtouren.
Christa ist Journalistin.

Ein Raubmord wird ausgeschlossen.
Ein Einbruch in der Wohnung ist nicht
nachweisbar. War es ein Beziehungsdelikt?
Dem ermittelten Kommissar war klar. Es
muss jemand in der Wohnung gewesen sein,

der den Piloten kannte. Irgendwas ist
passiert. Es kommt zu dem Schuss. Aber
warum aufgesetzt? "Der Mann wurde gefesselt
und dann erschossen." Die tote Frau gab den
Kommissaren schon mehr Rätsel auf.
"Wir nehmen an, sie starb schon im
Fahrzeug."
"Also wollte man sich ihr entledigen."

"Beide Schüsse, die die Frau trafen und auch
den Mann, sind aus der gleichen Waffe."
"Okay."
"Es deutet alles auf einen Racheakt hin. Der
Pilot kommt in seine Wohnung. Trifft die Frau
an. Den Mann. Bei was auch immer."
"Dann kommt es zum Streit."
"Aber wer hat die Waffe in die Wohnung
gebracht?"
"Also die Waffe war da. Wurde die Frau zuerst
erschossen? Kann man das feststellen?"
"Zeitlich liegen ungefähr 60 Minuten zwischen
den Morden."
"Also, der oder die fährt die Frau um sie
retten zu wollen. Das ging schief. Dann wurde
bei der Rückkehr der Mann erschossen."
"So kann es gewesen sein."

Eine Wendung kam dann einen Tag später in
dem Fall. Ein Escort-Girl sagte aus.
"Also die Wohnung war nicht leer,
es war ein Mann da, so ein Rambo-Typ. Groß,
muskulös, lange Haare. So ein Wikinger-Typ.

Und der hatte eine Schnalle dabei, also eine
junge Frau."
Die beiden Festgenommenen konnen das
Polizeirevier schnell wieder verlassen.
Christa Kleinschmidt ist iritiert.
Vaters Bekannte kam aus Graz.
Er lernte sie in einem Zug nach Wien kennen.
Oh mein Gott.
Die Frau war auf der Flucht.

Christa Kleinschmidt ist Journalistin.
Vater hin, Vater her.
Sie fühlt sich der Wahrheit verpflichtet.
Liebt ihr Vater eine losgelassene
Tötungsmaschine?
Ihr Vater will die Frau beschützen.
Das ist keine Liebe!
Oh mein Gott.
Am kommenden Tag herrscht große
Aufregung bei der Redaktionssitzung.
Der 3. Mord in Graz. Eine Escort-Dame.
Christal C.
Der Chef überträgt Christa Kleinschmidt die
Berichterstattung.

Sie ist hin und hergerissen.
Privat selbst in einer Beziehungskrise.
Im Job gefordert.
Jetzt die Situation mit dem Vater.

Christa Kleinschmidt versteht erst nach
mehrmaligem lesen.

...--...

„*Liebe Christa,*
Verzeih. Diese Zeilen sollen helfen zu verstehen.
Was sagst Du, wenn die Realität das spannendste Erlebnis ist, was Du Dir vorstellen kannst?
Das Leben ist das Ergebnis von Entscheidungen.
Der Zufall ist das Glück des Schicksals.
Mein Schicksal hat sich verbunden mit der jungen Frau, die Du leider nicht kennenlernen konntest.
Ich lande in einigen Stunden in HAMILTON auf den BERMUDA.

Von einer der vielen Inseln werde ich an Dich, an Euch denken. Die Weichen sind gestellt. Alle wichtige um Euch zu unterstützen habe ich veranlasst. Die Dokumente hat unser Hausanwalt. Irgendwann, irgendwo sehen wir uns auf diesem Planeten wieder.

Ich hab Euch lieb."

Dr.Dr. Prof. Bernd Kleinschmidt

...---...

Hamilton. Bermuda Inseln.

Trägt sie jetzt ein Geheimnis in sich?
Ist über ihren Vater an diese gesuchte Frau
zu kommen?
Und wenn das möglich ist droht ihm nun
auch Gefahr um sein Leben?
In ihren Gedanken hin- und hergerissen faltet
Christa den Brief sorgfältig und legt ihn in
den Umschlag zurück.

Sie versucht telefonisch ihren Vater zu
erreichen.
Kein Anschluß.
Ist Bernd Kleinschmidt noch im Flieger oder
gibt es einen anderen Grund?

Vor einigen Wochen

Hamilton

Das Ziel *Bermuda* sollte für Jana ein neues Leben bedeuten.
Aber kann das gutgehen?
Jana kommen erste Zweifel. Sie kann sich ein normales Leben nur schwer vorstellen.
Ja, sie hat vier Männer vergiftet.
Es gab ein Motiv: Selbstjustiz.
Klar ist auch: Jana muss einen Mann noch umbringen. Thomas Jordan!

Sie fasst einen Entschluss.
Wenn sie mit Bernd Kleinschmidt leben will, muss sie ihm alles sagen.
Erklären? Aber wie?
Die Schultern sacken herunter.
Es ist eine schwere Last.
Zwei Jahre schleppt Jana nun ihr Schicksal.
Fordert das Leben heraus.
Sie könnte losheulen. In Tränen ausbrechen.
Sie wischt die ersten Tränen aus den Augenwinkeln.

Sie lüftet alle Zimmer der gemieteten
Wohnung.

Unten auf der Straße steht in etwas
Entfernung ein weißer Lieferwagen.
Seit drei Tagen liegt die Person bereits auf der
Lauer. Schießt Fotos.

Wer kann sie beobachten?
Ist Bernd jemand gefolgt?
Ist es der Detektiv, den sie in Irland
abgeschüttelt hat?
Oder Uwe Behrens, der Skipper?
Ist es ein Stalker?
Ein Agent der Polizei?
Wer kann wissen, dass sie auf den Bermuda-
Inseln ist?

Sie nimmt mehrmals am Tag ihren ständigen
Begleiter in die Hand, das von der SY
BELANDO mitgenommene Gewehr.
Gutes Gefühl. Es gibt ihr Sicherheit.
Jana geht aus der Wohnanlage hinaus.
Sie sieht das Auto wegfahren.
Ein Kennzeichen kann sie nicht erkennen.

Jana nimmt ihr Handy und will auf die SMS
Nachricht von Bernd Kleinschmidt antworten.
Ja, es waren in Wien Gefühle im Spiel.
Jetzt, Monate später, ist eine neue Situation.
Viel passiert.
Die abenteuerliche Flucht über Irland.
Sie hat einen jungen Mann kennengelernt.

Selbstlos hat er ihr geholfen.

Lugh Ryan.
Er stand ihr bei. In dem irischen Pub
wäre sie von den aufgeputschten Männern
vergewaltigt worden.
Ihr Retter hätte von ihr alles bekommen
können.
Lugh Ryan hielt sich zurück.
Stunden verbrachten sie auf der Fahrt nach
Cork.
Eigentlich weiß sie wenig von dem jungen
Iren. Er gab wenig Einblick in sein Leben,
Beruf, Hobbys. An seine Armee-Zeit erinnert
sie sich am besten.
Ja, er ist ein echter Naturbursche.
Kräftig gebaut. Groß aufgewachsen.
Und hat keine roten Haare.
Mutig ihr beim Treffen mit dem Detektiv
Tobias Stern geholfen.

Jana spürt in Gedanken die feste Umarmung
und den langanhaltenden Kuss bei der
Verabschiedung. Schade, es ist im Leben so.
Du kommst auf deinem Weg an Stationen, wo
du die Richtung bestimmen kannst.
Sie wollte nach *Glengarrif*.
Auf die SY BELANDO.
Sie wollte zu ihrer geliebten Schwester.
Sie wollte zu Jennifer.

Und es gibt die Ereignisse auf dem Meer.

Die Atlantiküberquerung mit drei Toten.
Ihre Landung auf den BERMUDA.

Dann holte sie den Taxifahrer Roy Hammond
in ihr Leben.
Der zeigt sich hartnäckig. Will mehr von ihr.
Von Lugh Ryan hat sie nichts. Keine Adresse.
Keine Telefonnummer.
Nur ein Gefühl in sich.
Wie mag der Ire denken?
Jana kann es sich nicht vorstellen.
Wird aber die Gedanken nicht los.

Kann eine Frau mehrere Männer lieben?

Sie entscheidet, Bernd erstmal an einem
neutralen Ort zu treffen.
Aber wo? Am besten am Strand in einer
abgelegenen Bucht.

Jana schaut auf das Meer.
Sie genießt den herrlichen Anblick der
glitzernden Sonnenstrahlen auf dem Wasser.
Das Türklappen des *LANDROVER* stört die
Ruhe in ihren Träumen nach dem Glück an
diesem Morgen.
Der Anruf von Bernd brachte neue Hoffnung.

Ja, der Zufall ist das Glück des Schicksals.
Sie ist sich da ganz sicher.

10

St. David`s

Roy Hammond bekommt immer mehr Gewissheit.
Diese Frau, Diana Fuchs, hat etwas zu verbergen. Er hat sie in einer Bucht mit dem 4,60 Meter lange Dingi entdeckt.
Am dunkelgrauen Dingi, das 4 Personen aufnehmen kann, befindet sich ein 12 HP-Außenborder am Heck.
Ist die Frau damit auf die Insel gekommen? Das wäre illegal.
Gute Entscheidung ihr heute Morgen zu folgen.
In großem Abstand beobachtet er sie.
Nun sitzt sie schon mehr als eine Stunde am Strand. Hat eine wenig einsehbare Stelle gewählt. Wartet sie auf Jemanden?
Roy richtet sein Fernglas auf ein ankommendes Fahrzeug. Der *LANDROVER-Freelander TD4* wird auf den BERMUDA von den Polizeikräften gefahren.
Im Fahrzeug sind zwei Männer. Ein Mann

bleibt auf dem Fahrersitz, der andere geht auf
einem Holzsonderweg zum Strand hinunter.

Roy selbst hat sein Motorrad schräg an einen
Dornenbusch gelegt.
Sein TAXI-Wagen ist heute in der Werkstatt.
Roy sieht, wie Diana Fuchs sich erhebt.
Ihr Haare trägt sie zusammengebunden.
Ein Zopf ragt aus einem Basecape heraus.
Ihm gefällt der Anblick dieser Frau in dem
Outfit.
Sportlich bequem, trotzdem elegant
aussehend.

Jana geht einige Schritte zum Meer hinunter.
Zieht sich die Sportschuhe aus.
Ihr locker sitzender Rock bedeckt so gerade
die Knie.
Von den auslaufenden Wellen werden schnell
die Fußspuren überspült.

Roy Hammond richtet sein Fernglas auf den
herankommenden Polizisten.
Er sieht, wie dieser ein Funkgerät in die Hand
nimmt.
Der Polizist geht etwa 150 Meter zu der
Bucht.
Er entdeckt das Dingi.
Macht sich Notizen und geht zum
LANDROVER zurück.
Nach wenigen Minuten fährt der Wagen
davon.

Roy beobachtet ein ankommendes Taxi.
Ein älterer Mann steigt aus.
Beugt sich in das Fahrzeug und spricht den Fahrer an.
Das Taxi wendet und bleibt in der neuen Fahrrichtung mit laufendem Motor stehen.
Lohnende Fahrt.
Vom Flughafen *L.F. Wade International* auf St. *David`s* Richtung St. Georg`s an den Treffpunkt.

Roy sieht den Akt der Begrüßung.
Er deutet sie auf eine große Vertrautheit.
Wer ist der Mann. Ist es der Vater von Diana?

Diana Fuchs genießt den Blick von Bernd Kleinschmidt.
Sie erwidert ihn offen.
Die Umarmung entfacht ein Gefühl von Wärme. Sie sprechen kein Wort miteinander.
Auch Jana hat den LANDROVER gesehen.
Sie blieb cool. Bernd Kleinschmidt wird das Polizeifahrzeug ebenfalls erkannt haben.

Roy Hammond sieht, wie der ältere Mann Diana`s Hand nimmt und sie Richtung eines wartenden Taxi führt.
Roy startet sein Motorrad und folgt dem Wagen in einem unverfänglichem Abstand.
Die Fahrt geht über den Damm nach Grand Bermuda.
Der Hauptinsel.

Roy sieht wie an einem Stop Diana aussteigt und schnell in einem Einkaufszentrum verschwindet.

Er folgt dem Taxi.
Das Taxi hält nach gut 15 Kilometer Fahrstrecke vor dem *Hamilton Princess & Beach Club.*
Bernd Kleinschmidt bezahlt den Taxifahrer.
Das Gepäck wird von einem Hotelboy in Empfang genommen. Ihm wird gleich zur Begrüßung ein Erfrischungsgetränk angeboten.
Das luxuriöse Hotel liegt am Wasser mit Blick auf den Hafen von Hamilton und bietet neben einem Infinity-Pool schwimmende Sonnenliegen.
Ein absoluter Traum.
Für zwei Wochen jetzt sein Domizil.
Berd Kleinschmidt hat ein Rückflugticket.
Es zu benutzen ist nicht geplant.

Roy ist zufrieden.
Hat heute alle Informationen bekommen, die er braucht.
Bei der BERMUDA-Polizei gute Kontakte.
Ein Kriminalinspektor ist mit seiner Schwester befreundet.
Er kann sich gut vorstellen aus der mysteriösen Diana Kapital zu schlagen.

Am kommenden Tag

11

„**M**uss Dein Leben in der Zukunft immer so spannend sein?"
Die Antwort darauf hatte Bernd Kleinschmidt erwartet.
„Ich muss öffentliche Plätze meiden. Überwachungskameras."
Jana erklärt Bernd die Situation.
„Ich bin illegal hier. Nach der Überfahrt mit einem Segler bin ich mit dem Dingi an Land gekommen."

Bernd hat sofort begriffen.
Diana kommt also legal, mit dem Flugzeug oder einem Kreuzfahrtschiff, nicht von der Insel. Ist BERMUDA die richtige Wahl zum Untertauchen?
Jana sieht Zweifel in dem Gesichtsausdruck von Bernd.
„Illegal einreisen geht nun mal am besten über dem Meer. Die Idee hatte meine Schwester."
Jana kommen Tränen in die Augen.

„Jennifer ist tot. Sie hat sich an Bord der SY BELANDO das Genick gebrochen."
Jana erklärt dem Nachfragenden Bernd den Vorfall. Dann schockt sie ihn.
„Die beiden Vergewaltiger haben auch ein nasses Grab!"
Dann wird sie schnell wieder sachlich.
„Wer weiß, dass Du auf den BERMUDA bist?"
Bernd hat einen Fehler gemacht.
Das ist ihm sofort klar geworden.
Er überlegt, kommt dann stotternd zur Antwort.
„Meine Tochter. Aber die ist auf meiner Seite."
„Auf Deiner Seite? Weiß sie, dass Du zu einer Frau geflogen bist, die zwei Menschen umgebracht hat?"
„Zwei, na ja eigentlich vier!"
„Ja, Bernd. Und mein Weg ist noch nicht zu Ende."

Jana trägt ihre Haarpracht komplett unter einer Wollmütze.
Ihr Gesicht bedeckt eine große dunkle Sonnenbrille.
Das Treffen im *HOG PENNY* in der *5 Burnaby Hill* in *Hamilton* in den Mittagsstunden hatte Jana dem Freund aus Wien vorgeschlagen.
Ein Besuch im Hotel bei dem älteren Gast hätte an der Rezeption sicherlich Fragen ausgelöst.
In der Atmosphäre des Nobelhotels hätte ein Treffen sicherlich ein besonderes Flair gehabt.

Sie mag Bernd gar nicht nach seinen Zielen fragen.

„Du muss Dich von Deinem Handy trennen. Nehme die SIM-Karte heraus und spüle sie auf der Toilette hinunter."
Bernd punktet. „Das habe ich schon gemacht, noch im Flieger." Jana hat nach Erhalt der SMS die SIM-Karte ebenfalls vernichtet.
Bernd nimmt die Hand von Diana.
Jana überlegt kurz und zieht Ihre Hand zurück.
Die Bedienung fragt nach einem Getränkewunsch. Schnell werden sie mit zwei großen Bieren versorgt. Bernd hatte die Speise- und Getränkekarte studiert. Er hatte gut 10 Minuten gewartet und sich so die Zeit vertrieben.
„Prost. Auf was trinken wir?" Bernd wartet auf eine Antwort. Schaut die junge Frau, für die er sein Leben ändern, will lange an.

Er hat die Anstellung in der *UNI-KLINIK Innsbruck* gekündigt.
Er ist dort eine anerkannte Kapazität gewesen. Der Spezialist für Gefäß-Chirurgie. Dr. Dr. Proffessor. Entsetzen nicht nur im Krankenhaus. Freunde, das Umfeld.
Niemand konnte den vorzeitigen Schritt in den Ruhestand verstehen.
Auch, weil er das nicht kommuniziert hat.

Über Gründe wurde gemunkelt.
Ist er selber erkrankt?

„Bernd, meine Rache ist stärker als Liebe.
Rache ist wie ein Gericht. Heiß gekocht. Und,
wenn sie erkaltet muss sie wieder aufgewärmt
werden. Ich kann nicht anders. Du hast
etwas anderes verdient. Ein Leben, das
lebenswert ist. Ein Leben mit einer Partnerin,
die für Dich da ist."
Dann spricht zu ganz leise zu ihm.
„Und die Dich liebt. Vertrauen und
Bewunderung sind ein Sechser. Liebe ist die
Zusatzzahl. Verstehst Du Bernd?" Bernd
lacht. „Ich habe lange nicht mehr Lotto
gespielt. Du hast es gut beschrieben."

„Bernd, ich muss arbeiten. Irgendwas,
irgendwo. Wenn Du ein Escort-Girl
brauchst...."
Dann erklärt sie Bernd, wie sie in dem Job
gearbeitet hat.
„Bernd, das kannst Du nicht wirklich wollen."
„Was kostest Du?"
„Bernd lass es, frage gar nicht erst weiter."
„Ich habe die Nacht 1000, okay den Tag dazu,
2000 gezogen. Die eine Hälfte war für mich.
Die andere fürs Equipment."
„Equipment, schöner Ausdruck."
„Ja, die Männer wollten mich. Und meine
Diamanten. Sie waren gierig nach den
glitzernden Brüsten."

Jana erklärt dem Arzt warum sie Escort-
Dame wurde. Ihr Pseudo-Job. Um an die
Männer zu kommen, die Ihre Mutter und
Ihren Vater ermordeten.

„Möchten sie noch zwei Glas Bier?"
Die Bedienung kam zur rechten Zeit.
Bernd brauchte nach den Erklärungen
Diana`s erstmal eine Gesprächspause.
„Such Dir einen Lunch aus. Die haben leckere
Speisen. Surf and Turf."
Bernd sucht die Toilette auf.
Seine Schritte werden begleitet von einer
großer Nachdenklichkeit.
Spricht Diana die Wahrheit? Es ist unfassbar.
Immer mehr versteht er sie. Ganz sicher:
Er hätte auch seine Liebsten gerächt.

„Hast Du bestellt?"
„Nein, ich warte auf Dich. Weißt Du schon
was Du essen möchtest?"
Bernd winkt der Bedienung und gibt die
Bestellung auf.
Das *HOG PENNY* gibt es schon seit 1957.
Diana war schon mehrfach in dem Pub.
In der Nähe dem Fähr-Terminal gelegen wird
es von internationalem Publikum besucht.
Dreimal die Woche gibt es Live-Musik.
Viele internationale Künstler traten hier
schon auf. Einige begannen hier ihre Karriere.
Wurden entdeckt und gingen nach Nord-
Amerika.

Das Essen kam sehr schnell auf den rustikalen Holztisch. Jana vermied Gespräche, die die Atmosphäre belasten.
Nach gut einer Stunde verlässt Jana alleine das Lokal.
Bernd bleibt noch im Pub.
Es wurde eine nette Verabschiedung mit einem Treffen am Abend des kommenden Tages.

Bernd hat noch nicht viel gesehen von der Hauptinsel.
Ihm gefällt der Baustil der Häuser. Die meist weiß gehaltenen Farbe der Fassaden. Auch Haus Fronten-Abwechselung mit Beige- und Rosafarben.

Auf den BERMUDA gibt es Taxis.
Keine Leihwagen. Das Busnetz ist gut ausgebaut.
Die Mopeds SCOOTER RENTAL und auch Fahrräder, E-Bikes sind beliebt.
Pro Haushalt ist nur ein PKW zugelassen.
Es herrscht Linksverkehr.
Für alle Transportmittel gilt die Höchstgeschwindigkeit von 35 KM.
Ein weiteres Hauptverkehrsmittel sind die Fähren.
Mit ihnen sind die vielen Inseln des Archipels zu erreichen.
Ab *HAMILTON FERRY TERMINAL* gibt es in den Monaten April-November mit dem

Sommerfahrplan mehrere Routen mit den
weiß-blauen Schiffen der *SEAEXPRESS.*

An den Aushängen ist angezeigt:
Ausweispflicht!
Dann ist das ja mit Diana nicht zu machen.

Vor einigen Monaten

12

Berlin

"Ihr Idioten, das ist der falsche Mann."
Laura kann es nicht fassen. Andriko und Mykola haben den Mann im Transporter die Plastiktüte vom Kopf genommen.
Detlef Schmidt hatte keine Chance.
Andriko Kostezkov setzte einen Elektroschocker ein.
Mykola Tsygykol stiess ihn in die offen stehende Transporter Tür.
Laura Lubinja steuerte das kurz vorher gestohlene Fahrzeug.
"Der Mann kam aus dem Haus. Wir hielten ihn für Thomas Jordan."

"Egal, nun ist es eben so."
"Erledigt das. Das ist jetzt Eure Sache. Ich fahre in den Wald."
Mykola zieht, den zappelten Mann die Plastiktüte über den Kopf. Dann nimmt er eine Spritze.
Setzt sie an und tötet Detlef Schmidt.

Sie bringen die Sache im Wald zu Ende.
Legen Laub und Gehölz auf den Körper.

Ein junges Pärchen machte mit ihrem
Schäferhund einen sonntäglichen 10
Kilometerlauf.
Der Hund fand den Toten.
Die Ermittlungen ergaben den Nachbarn von
Thomas Jordan.

Für HK Berger von der SOKO TODESKUSS
eine neue Spur. Sie führt weg von den Zobel-
Schwestern. Er ruft den Politiker an.
"Kennen sie eigentlich auch die LOTTO-
Zahlen die gezogen werden?"
„Mittwoch oder Samstagziehung?"
„Nein, im Ernst Herr Jordan, langsam wirds
eng für sie. Ich glaube, sie sind knapp einem
Mord entkommen. Wannsee-Explosion, die
Krankenschwester, jetzt Ihr Nachbar. Wann
helfen sie mir bei meinen Ermittlungen?"

„Sie wiederholen sich Herr Kommissar.
Machen Sie doch endlich Ihren Job. Ich
mache meinen."

„Eben. Da sehe ich ein Motiv."
HK Berger verdrägt die Tatsache, dass Jana
Zobel von Detlef Schmidt bei ihrer Flucht in
seinem PORSCHE mitgenommen wurde.
Er kann mit dem Mord aber keinen
Zusammenhang herstellen.
Es passt nicht zu dem Vorgehen der Zobel.

Thomas Jordan unter Polizeischutz stellen?
Der lehnt das ab. Berger geht an die
Pinnwand. Nimmt einige Fotos ab. Stellt sie
neu zusammen. Es muss einen Hinweis
geben. Übersieht er etwas wichtiges?
HK Berger`s Assistentin tritt in den Raum ein.
„Chef, sie brauchen mal Abstand von dem
Fall. Draußen ist ein herrlicher Tag mit viel
Sonnenschein."

Das Kommissariat in *Graz* hat über 250
Fahndungsaufrufe aushängen lassen.
Jede Tankstelle. Einkaufsmärkte.
Polizeiwachen. Werbesäulen. Gastronomische
Betriebe. *MAC DONALDS*. Baumärkte.
Erstmal in ganz Tirol.
Dann soll noch die gleiche Aktion in *Kärnten*
folgen.

BELOHNUNG 5000 EURO!

"Die suchen einen dreifachen Mörder. Einen
Deutschen. Mordfall Graz. 5000,-- Euro
Belohnung."

„Jetzt nicht mehr." HK Berger vernahm die
Nachricht gelassen.

In gut 10 Minuten war die Polizei vor Ort.
Etwas zu spät, den Ben Nolte, der
traumatisierte Fluchthelfer von Jana Zobel,
hat in einem günstigen Moment seinem
Kontrahenten die Waffe aus der Hand

geschlagen.

Es war dann ein ungleicher Kampf geworden.
Der Elitekämpfer gegen den einen Kopf
kleineren schmächtigen Transporteur.
Aus zwei Polizeiwagen sprangen die Beamten
heraus.
"Legen sie die Waffe weg! Nehmen Sie die
Hände hoch. Ganz langsam!"

Ben Nolte ignorierte den Befehl. Setzte zum
Schuss an. Dann streckten ihn aus mehreren
Waffen die Salven nieder.
Er fällt in den Drahtzaun einer
Waldabgrenzung.
<u>GRAZ-MORD. Mutmaßlicher Täter gestellt. Im
Schusswechsel mit der Polizei erschossen</u>.

Die SOKO TODESKUSS hat zurzeit keine
Verfolgungsjagd zu koordinieren.
Jede Menge Schreibarbeit. Polizeialltag.
Die Nachricht von den Grazer Kollegen
bedeutet: Das Kapitel muss neu geschrieben
werden. Was bleibt ist die Suche nach den
Zobel-Schwestern. Unfassbar.

HK Berger greift das Thema Märchen auf.
"Es war einmal eine Giftmischerin......"
"Ja, und wenn sie nicht gestorben ist, lebt sie
noch heute."
"Richtig, und deswegen müssen wir jetzt aus
dem Knick kommen."
OK Lisa Krause trägt lässig Ihre Pistole im

Schulterhalfter.
Im Büro, auf der Dienstelle, meistens für alle sichtbar.
Ihren knackigen Body schiebt sie dicht an den Polizisten in der Wache vorbei.
"Hier Chef, einen Kaffee. Man gönnt sich ja sonst nichts!"

Im LKA 1 in Berlin gleicht heute das Geschehen einem richtigen Getümmel.
Jede Menge Publikumsverkehr. HK Berger nimmt seine Kaffeetasse und geht an die offen stehende Tür. "Danke!"

Bergers`s Handy meldet einen Eingang.
Er schaut mit freudiger Mine das von einem Operationsteam gesendete Fotos an. Thomas Jordan im Gespräch mit einem Mann.
Den kennt er. Tobias Stern. Endlich hat er einen neuen Anhaltspunkt.

"Es war nicht der beste Tag in meinem Leben, aber ich werde damit klarkommen!" Thomas Jordan antwortete HK Berger nur mit wenigen Worten.

"Der Mord sollte sie treffen. Die Waffe wurde schon einmal verwendet. Herr Jordan, ich brauche Informationen. Wer bedroht sie?"
Die Ballistiker haben eine Übereinstimmung gefunden. "Wir können Ihnen helfen. Das Problem in eine Lösung verwandeln."

„Wir werden alle tun um den oder die Mörder
zu finden." Nach kurzer Zeit fügt er hinzu.
„Alles, was der Rechtsstaat hergibt."

„Rechststaat?"
„Wo ist mein Nachbar jetzt?"
„In der Pathologie."

Zu gleichen Zeit

Jana hört Stimmen. Sie richtet sich im Bett
auf. Starrt an die Decke. Schweißgebadet
träumt sie von Ben.

Ben Nolte hat früh am morgen sein Zelt
verlassen, um frisches Gebirgsbachwasser zu
holen. Was er fand, war eine junge Frau.
Völlig verstört. Zu keinem Wort fähig.

"Was machen sie hier oben in der Kälte.
Haben Sie kein Zuhause?"
Wenn es nicht so Ernst wäre: Jana kann
nicht lachen.
Lange hat sie keinen Menschen mehr gesehen

und jetzt diesen Witzbold.
"Das kann ich sie auch fragen!"
Ben Nolte schaut in die karge Felsöffnung.
Deutet sofort die Situation.
Die Frau hat kaum Gepäck. Völlig unnormal.
Sie ist keine Wanderin. Hat keine
Wintersportsachen.
Ein Alptraum, so in dieser Gegend unterwegs
zu sein. "Kann ich ihnen helfen?"
Er setzt nach:
"Brauchen sie Hilfe?"
Jana hört die sympathisch auf sie wirkende
Stimme.
Was soll sie sagen: Ich bin eine Verbrecherin?
Habe zwei Männer vergiftet; oder das Ganze
ins Lächerliche ziehen. Bin auf Urlaub. Oder,
bin ein Escort-Girl, habe meine Begleitung
verloren?
Ben Nolte kommt ihr zuvor.
"Mein Zelt ist nicht weit von hier. Kommen
Sie mit. Ich habe eine Decke dabei. Kann ein
Feuer machen. Einen heißen Kaffee mit
Gebirgswasser gekocht."
Letzteres überzeugt Jana.
Warum eigentlich nicht.
Der Mann weiß nicht, dass sie auf der Flucht
ist. Aber wer ist der Mann?
Ben Nolte hat sein Outdoor Zelt perfekt
aufgebaut. Als Lichtquelle dient eine
Gaslaterne. Freie Sicht. Sonne am Morgen.
Die Nacht bot einen, sternenklaren funkelten,

Himmel.
Er gibt Jana eine Daunenjacke.
Der Eingang des Zeltes liegt zur
windabgewandten Seite.
Den Eingang hat er vom Schnee
freigeschaufelt.
Seine zerlegbare Schaufel ist das Herzstück
seiner Ausrüstung.
Nach einer Weile sitzen sie nebeneinander
und trinken den heißen Kaffee aus den
Blechtassen.

"Ich bin Ben."
Jana überlegt, was sie antworten soll.
Sie entscheidet sich für die Wahrheit.
"Angenehm, Jana."
"Sind sie immer so früh hoch?" fragt sie den

Jana erwacht aus ihrem Traum.

Ich will mein altes Leben wieder haben! Sie
schreit wild um sich.

Im Dezember

13

Hamilton

Jana schaut ab und zu aus dem Fenster.
Sie nimmt ein Foto von Jennifer.
Ihre Gedanken überschlagen sich.
Die Angst entdeckt zu werden ist trotzdem ihr ständiger Wegbegleiter.
Ihr Blick richtet sich auf den herab prasselden starker Regen. Sie nimmt aus dem weißen Schrank eine blau-weiße Regenjacke und verlässt das Apartment.

"Sie haben es ja eilig. Bei dem Wetter gehen sie raus?" Cliff Burns ist eingefleischter Junggeselle. Der Amerikaner traut sich Jana anzusprechen. Jana lächelt ihn an. Auf den Spruch: es gibt kein schlechtes Wetter, nur unpassende Kleidung; verzichtet sie.

Cliff Burns stellt klar: "Wenn das Wetter nicht besser wird müssen wir den Fährbetrieb heute einstellen."
„Arbeiten sie auf einem Schiff?" Jana`s Frage klingt sehr interessiert.

„Eher an Land. Boarding. Ausweise,
Fahrkartenkontrolle. Bei SEAEXPRESS."

Nach einer Weile geht der Mann, Jana schätzt
ihn so um die Dreißig, weiter.
Alle haben heute das gleiche Problem.
Die Wetterlage.

Passt doch.
Jana hat schon Kontakt zu einem Taxifahrer.
Lernt nun einen Bootskontrolleur kennen.
Im Pub ist sie sicherlich auch positiv
aufgefallen.

Jana nutzte heute morgen die 25 Minuten,
indem sie ihren straffen Körper unter der
Dusche befriedigte.
Wenn es eben so ist.
Kein Gedanken bei Bernd.
Die ersten Sonnenstrahlen des neuen Tages
scheinen in ihr Gesicht. Schnell ist in diesem
Klima der Wandel von Sonne und Regen.

Es gibt Schlimmeres.

Dr. Kleinschmidt kommt die Treppe hoch.
"Süße, hast du schon lange gewartet?"
"Nein, geht schon."
"Wo kommst du her?"
"Ja, und?"
"Er heißt Horst. Ist gut im Bett und jetzt
unterwegs."
"Lass das, bitte."

Bernd Kleinschmidt nimmt seine Diana in
den Arm.
Sie weint.
Bernd gibt ihr eine Packung Taschentücher.
Interessant heute die Beobachtungen, vor
allem die Wellenkämme, aufschäumende
Gicht.
Es sind heute einige Segler aber auch
Motorboote unterwegs.

„Gehen wir was essen?"

"Wir lassen uns von der frischen regionalen
Küche und der Aussicht verzaubern."
Sie schlendern zum Restaurant.

Jana hört den Lärm des Martinshorn
mehrerer Polizeiwagen auf.
Sie schaut aus dem Fenster.
Die Polizeiwagen fahren zu der Hafenpier
hinunter.
Der Einsatzleiter gibt dem Skipper eine Karte.
Wenig später gehen zwei Polizisten an Bord.
Kontrollieren die Crew.
Schauen nach dem Boots- Dingi.
Jana hat begriffen.

Das Dingi ist Teil der Ermittlungen.

Vor zwei Tagen

14

Die gefesselte Frau saß zusammengesackt auf dem Holzstuhl.
Das unheimlich wirkende Prozedere wurde nur unterbrochen durch das laute surren einer Fliege.

James Wodridge hat sich gekleidet wie ein Pfarrer, mit weißem Hemd und einer schmalen Krawatte.
Sprach leise. "Sag irgendetwas."
Sein Blick war auf die Frau gerichtet.
Das stumme Flehen nahm er mit einem Lächeln wahr.

Sarah Grant wusste nicht, dass der ihr fremde Mann bei seinen krankhaften Machtspielen sich auf sie konzentriert hat.
Seine glänzende Haut schimmerte im Schein der nur in der Fassung steckenden Lampe.
Die Frau kommt nur langsam zu Bewusstsein.

Spürt die Fesselung, gegen die sie sich nicht wehren konnte.

Der ihr fremde Mann ist als Strom Ableser in das Haus der Familie in *Hamilton* gekommen.
Anfangs war es eine offene und nette Unterhaltung.
Die 35-jährige Sarah kochte dem freundlichen Mann einen Kaffee, brachte Zucker, Milch und Kekse und stellte ein Glas Mineralwasser dazu.
Als es zur Stromablesung kommen sollte passierte es. Der Stromzähler befindet sich in der Doppelgarage des frei stehenden Hauses.
Sarah Grant wurde durch eine Überdosierung Morphin bewusstlos. Sie wurde in den Kofferraum eines FORD gelegt.
Sehr langsam erwacht sie aus der Benommenheit. Erkennt ihre Situation in einem der Kellerräume eines herabgekommenen frei stehenden Hauses in der Nähe des Leuchtturms GIBBS HILL.

"Warum ich? Was wollen sie von mir?
Wo bin ich?" Sarah fragt sich: Warum macht der Mann nichts?
Warum verweigerte er eine Antwort, bringt seine perversen Vorstellungen nicht voran?
Der Mann liest in Gottes Schriften.
Voller Wut geißelt er sich.
Heißer Wachs einer brennenden Kerze tropft auf seine Brust.

Sarah Grant war ein Leben lang gläubig
gewesen. Hat ihr Gott sie nun verlassen?
Wo war er, als sie ihn am dringendsten
brauchte? Die kranke Fantasie des Täters
wird durch den Anblick der leidenden Frau
weiterhin beflügelt.
"Ihr seid doch alle gleich. Betrügt Eure
Männer. Wahre Werte, wie Familie, sind Euch
fremd geworden."

James Wodridge hat Bilder aus seiner
Kindheit klar vor Augen.
Seine Mutter trieb es mit einem Postzusteller.
Er sah durch die offenstehende Tür, wie der
Mann sie hob. Auf den Küchentisch legte und
die beiden Ihren Trieb befriedigte.
James kam gerade von der Schule.
Der Unterricht der 3. Klasse wurde an diesem
Tag um zwei Schulstunden früher beendet.
Seine Mutter hatte ihn nicht im Haus
vermutet. Die frühe Jugendzeit war für James
die Hölle. Sein Vater strafte seine Mutter mit
häuslicher Gewalt.
Der Vater war beruflich als Spezialmonteur
überwiegend auf Montage.
So war er auch schon über eine Woche im
Stück fort.
Die Mutter, einige Jahre jünger als ihr Mann,
zeigte sich einigen der Lieferanten und
Dienstleistern gerne frivol. Ihre roten Haare
trug sie meistens offen. Eng anliegend Ihr
Rock und die Bluse.

Vom Alkohol und Drogen, bereits am
Vormittag angetrieben, musste der kleine 9-
jährige James oft darunter leiden.
Für mehrere Stunden wurde er in den Keller
des kleinen Reihenhauses der Eltern
gesperrt.
Ein karger nasskalter dunkler Raum.
Durch ein kleines vergittertes Fenster fiel nur
wenig Licht hinein.

James Wodridge ist wieder bei sich.
Nimmt eine Schere in die Hand und geht auf
Sarah Grant zu.
Er schneidet Ihr als Erstes den
zusammengebundenen roten Haarzopf ab.
Bindet ein Band darum und geht mit dem
Haarzopf in ein Nebenzimmer.
Der Raum ist hell erleuchtet. An der
Frontseite steht ein altarähnlicher Tisch mit
brennenden Kerzen dekoriert.
Es hängen an einem gespannten Seil bereits
drei Haarzöpfe.
Dunkelblond, Schwarz, Braun.
Nun sind es mit dem roten Zopf vier.

Genüsslich betrachtet James Wodridge die
erweiterte Reihe der Haarpracht mit dem
roten Zopf. Fasst jeden Zopf einzeln an und
macht dabei ein Gebet.
Sarah blickt aufgeschreckt in das Gesicht des
Mannes.
Der bringt sie in das Zimmer.

In der Mitte des Raumes steht ein
Operationstisch. Gierig reißt James Wodrige
die Bluse von Sarah auf.

Auf die nackte Haut, mittig zwischen die zur
Seite fallenden Brüsten, spürt Sarah ein
Kreuz. Es fühlt sich kalt an. Das metallene
Kreuz. Ihre Brust hob und senkte sich.

James Wodridge hob Sarah leicht an und zog
Ihr die enge Jeans aus.
Seine kalte Hand glitt langsam unter den
schwarzen knapp sitzenden Slip.
Sarah schaut ängstlich zur Seite.
Oh mein Gott! Eine Wand voller Fotos.
Schwarz-Weiß. Farbige Bilder.
Alle eingerahmt und jeweils einer Frau
zugeordnet. Auffallend immer dabei ein Bild
einer Frau angezogen mit einem weißen
langen Kleid. Auf dem Kopf einen dornigen
Rosenkranz tragend.

"Auch Du wirst nichts spüren. Lass es
einfach geschehen."
James Wodridge zieht eine Spritze auf.
In seinen Augen erkennt Sarah einen
hasserfüllten Blick.
"Warte, es gibt doch für alles eine Lösung."
Sie muss es versuchen.
Der Mann will Gott spielen. Aber er ist nicht
Gott. Er ist ein Mensch.
Und Menschen machen Fehler.

"Du willst Gott sein? Gott macht keine Fehler!
Aber Du! Deine Fehler werden Dich in die
Todeszelle bringen!"
Sarah versucht den Mann zu provozieren.

"Rede mit mir!"
Sarah arbeitet als Psychologe und Life-Coach
in *Hamilton*.
Hat sie eine Chance in James Wodridge
Seelenleben einzudringen?
Er ist der Teufel in Person.
Die letzten Worte, die Sahrah noch hörte,
klangen wie ein Vermächtnis:
"Gott hat dieses Land verloren!"

Zur gleichen Zeit

Tom Grant schaut aus dem Fenster seines
Büros im 19 Elliott Street, Hamilton HM 10.
Der Hauptsitz der BERMUDA SUN.
Bei der BDA SUN ist Tom ein gefragter
Journalist.
Heute war in der Redaktion viel Aufregung.
Wieder einmal ging es um die Mordserie, die
seit drei Jahren BERMUDA heimsucht.
Toms Auftraggeber ein perverser
Massenmörder. Toms Komplize die
BERMUDA POLIZEI und die SERIOS CRIME
UNIT und Tom's Wohnzimmer das SUPREME
COURT, das Gericht in HAMILTON.

Nun wurde die dritte Frau aufgefunden.
Das gleiche Schema.
Angezogen mit einem weißen Kleid.
Abgelegt in einem abgegrenzten Rasenstück
im *VICTORIA PARK in Hamilton*..
Nicht irgendwo dort. An dem steinernem
Denkmal. Einer 4-teiligen Säule. Umfasst mit
einer Eisenkette, die von 4 Steinblöcken
gehalten wird.
Auch dieses Opfer hat ein Kreuz am Hals und
einen Rosenkranz auf dem Kopf. Und, wie bei
den anderen Frauen, den Haarzopf
abgeschnitten

Es kommt schon mal vor, dass seine Frau
Sarah über Nacht der Wohnung fernbleibt.
Diesmal ist aber alles anders.
Er kann sie auf dem Handy nicht erreichen.

Mehrfach hat er versucht sie zu erreichen.
Auf die Mailbox gesprochen.
Um einen Rückruf gebeten.
Seine Frau hat ihm immer wieder eingeredet:
Sorge Dich nicht.
Klar, als Psychologin ist sie positiv gepolt.
In ihm kommt aber Angst auf.
Wenn sie sich heute nicht meldet, er keinen
Kontakt bekommt, muss er sie als vermisst
melden. Jetzt ist er erstmal gefordert im
Freundes- und Arbeitskreis Erkundigungen
einzuholen.
Vielleicht löst sich ja durch Informationen
alles auf. Zum Guten.

Die Grant's wohnen in *Hamilton*.
Rund 25 Kilometer entfernt von der City.
Das Häuschen am Ende der MIDDLE ROAD
ist ein liebevoller Rückzugsort für die junge
Familie. Sehr in der Nähe der hügeligen
Gegend von *Smith`s Parish* mit der höchsten
Erhebung, dem TOWN HILL.

Tom geht von Haus zu Haus.
Zu denen, wo er keine Telefonnummer hat.
Immer die gleichen Fragen. Haben sie meine
Frau gesehen? Wann zuletzt? Haben sie etwas
gehört, wo sie hinwollte?
Einige Nachbarn bitten ihn hereinzukommen.
Bieten ihm ein Getränk an.
Alle sind fassungslos, sprechen ihm Mut zu.
Tom weiss: die Hoffnung stirbt zuletzt.

Den Chief-Inspector kennt Tom Grant
persönlich.
Nun muss er das Headquarter in eigener
Sache aufsuchen. Chief-Inspector John
William hat gerade die beiden Detectivs zur
Tür begleitet.

Die Mordserie mit den zwei ermordeten
Frauen in GRAND BERMUDA und nun der
dritte Mordfall in *Hamilton* verbindet die
Beamten.
Er begrüßt Tom freundschaftlich.
"Hi Tom!" Der Chief-Inspector drückt ihm fest
die Hand.
"Es ist so eine Scheiße! Und wir haben keine
Spur von dem Schwein. Das einzige, was wir
haben ist die Gleichartigkeit: Vorgehensweise,
Ablauf. Die Handschrift. Die Frauen wurden
regelrecht zur Schau gestellt."
"John, ich bin heute mal nicht als Presse
hier. Ich muss meine Frau als vermisst
melden."
"Was?"
Und dann beginnt die Befragung.
"Wann hast du sie zuletzt gesehen? Tom, alles
Routine, verstehe mich bitte richtig."
Tom Grant setzt sich vor dem Schreibtisch
des Chiefs. Wischt sich den Schweiß von der
Stirn.
Der Deckenventilator bläßt unaufhaltsam auf
mittelstarker Stufe.
"Vor zwei Tagen. Morgens. Sie hatte zwei

Termine in *Hamilton*."
"Geht es genauer, Tom. Morgens um wie viel Uhr?"
"Um Siebenundreissig!"
"Ist sie mit Ihrem Auto gefahren?"
"Ja, ich habe sie bis zur Garage gebracht. Es war wie immer, keine Probleme."

Tom zeigt dem Chief-Inspector den Terminkalender von Sarah.
Der Termin dauerte an dem Morgen jeweils 2 Stunden.

"Mittags holt sie den Jungen von der Schule ab. Ja, mittags muss sie wieder zu Hause gewesen sein." Tom Grant erzählt dem Chief von den Informationen der Nachbarn.
An diesem Tag ist sie alleine nach Hause gekommen.
Den Jungen hat sie zu einem Freund gebracht. Geburtstagsfeier. Er sollte dort übernachten.

Zweifel kommen der Gesprächsrunde im Büro des Chief-Inspectors.
Der Wagen von Sarah Grant stand in der Garage. Wie hat sie das Haus verlassen?
"Tom, sei ganz ehrlich zu mir. Wie war Eure Ehe? Gibt es da einen anderen?"
"Ich meine, Du bist doch auch kein Kostverächter. Verstehe mich nicht falsch. Kann es sein, dass Sarah......?"

"Tom, sie hat den Sohn untergebracht bei Freunden. Das Auto selber nicht gefahren. Kann sie abgeholt worden sein?"
"Bullshit. Da gibt es niemanden. Klar, meine Frau ist attraktiv. Da schaut schon mal einer hinterher."
"John, was soll das? Ich habe Sorgen, dass etwas passiert ist."

Der Chief gibt das Foto von Sahrah an alle Behörden.
Viedoaufzeichnungen der öffentlichen Plätze der letzten drei Tage werden recherchiert.
Suchmannschaften schwärmen in allen Parks von *Hamilton* aus. Hubschrauber überfliegen die Hauptstrassen von und nach Hamilton in alle Richtungen.
Dem Handy-Telefonanbieter von Sarah wird eine Datenfreigabe für die Telefongespräche zugestellt.
"Tom, wir machen was wir können. Drehen jeden Stein um."

Tom Grant verbringt den Abend alleine zu Hause. Seinen Jungen will er nicht verunsichern. Gespannt schaut er den TV Sender BERMUDA BROADCASTING. Dort ist der Fall mit der gefundenen Toten im Radio und Fernsehen das groß aufgemachte Thema aller Nachrichtensendungen.
Die Polizeiführung stellt sich den kritischen Fragen der Reporter.

<u>MAKING BERMUDA SAFER!</u>
Ist die "Mission Statement".

Der Deputy Commandant, der Chief-Inspector und zwei Detectivs stellen sich der Öffentlichkeit.
Für das Morddezernat anwesend ist außerdem Sharon Aston.
Sie ist Expertin und leitet in den Mordfällen die forensische Medizin.

Am folgenden Tag

15

Es gab keine offenen Fragen.
Der Tod von des Mannes sicherlich als Folge
eines Unfalls zu den Akten gelegt.
Alle Zeugen, auch der Nachbar, sagten
einstimmig aus. Der junge Mann tänzelte an
den Rand des Flachdaches.
Er hat das Gleichgewicht verloren.
Kopfüber fiel er auf den Bürgersteig.
Sergeant Joe Morgan und Sergeant Jonathan
Bullock sind die Ersten an der vermeintlichen
Unfallstelle.

Bisher war es ein ruhiger Tag für die
Polizisten der BERMUDA POLICE, stationiert
in der 52 Victoria Street, HM 12.
Zwei Einsätze wegen Störung der Nachtruhe
und einer Schlägerei.
Normalerweise sind die beiden in *Hamilton*
mehr gefordert.
Joe Morgan geht dem Party Lärm nach und
gelangt vor die offen stehende Tür der
Wohnung. Hinter ihm der Sergeant.
Beiden Polizisten fällt gleich der Geruch auf.

Eine Mixtur aus Buzz, Exotica und Zoom.
Gleiches fiel ihm auch schon beim
vermeintlichen Unfallopfer auf.

Die Party Gesellschaft vermisste den
Verunglückten noch nicht. Lauthals gehen sie
auf die Cob's zu.
"Hi, Bullen-Prominenz. Black und White, mal
was Neues!"

"Hier verlässt erstmal keiner den Raum.
Freunde, da unten ist einer von Euch. Also
was man noch erkennt von der Kreatur."
Ein Party Mädchen geht auf Joe zu. Fasst ihn
an die Schulter. "Seid doch keine
Spielverderber!"
Die Cob's wiederholen.
"Hier ist ein Unfall oder auch ein
Tötungsdelikt nicht auszuschließen."
Der Sergeant ruft in der Zentrale an.
Dann nehmen sie die Personalien der meist
jungen braunhäutigen anwesenden auf.
Die runtergekommene Wohnung ist ein
Spiegelbild der Lebensweise. Auffallend die
herumliegenden Bermuda-Dollars.
Der Inspector Ryan Shaw ist aus Hamilton
von der 10 Headquarter Hill, Devonshire gut
eine Stunde unterwegs gewesen nach *Saint
George's Island*.
Früher genannt *George-Town* ist *Saint Georg's*
heute die älteste durchgehend bewohnte
englische Siedlung in Amerika.

Eine Stadt im britischen Überseegebiet Bermuda. Rund 1700 Einwohner. Sie liegt auf *Saint George's Island* im Nordosten der Bermuda-Inselgruppe. Mit der südlich angrenzenden Insel *Saint David's*, auf welcher der internationale Flughafen von Bermuda liegt, ist *Saint George's Island* über eine kleine Brücke verbunden.
Mit Bermudas Hauptinsel *Grand Bermuda* ist Saint David's über einen 1000 Meter langen Fahrdamm (*The Causeway*) verbunden.

Die BERMUDA-Inselgruppe besteht aus etwa 360 Koralleninseln, wovon nur etwa 20 bewohnt sind.
Die Insel *Grand Bermuda* ist mit 39,3 km² mit Abstand die größte.
Im Nordwesten grenzen *Somerset Island* und im Nordosten *Saint George's Island* an die Hauptinsel. Die Insel ist von einer Mischung aus britischer und amerikanischer Kultur geprägt, was besonders in der Hauptstadt *Hamilton* spürbar wird. Rund 65.000 Menschen leben auf den BERMUDA. In einer der angenehmsten Regionen der Welt.
Ein Steuerparadies. Das lockt Weltenbummler an und Verbrecher.
Und nun hat die Polizei neben einer Häufung von Straftaten im Drogenmilieu einen Ritual-Serienmord aufzuklären.

Eine Woche später

16

Bermuda

Jana ist unterwegs auf der South Road.

In der Nähe von *Astwood Park* befindet sich
ihr Wunschdomizil für einige Monate.

Das Taxi biegt in die Warwickshire Road.
Sie betritt die Anlage *CLAIRFONT GUEST
APARTMENTS*.
Hastig betritt sie die kleine Wohnung.
Die Momente voller Liebe.
Ja auch Lust, Sex und Laster werden mehr.

Jana wälzt sich schweißgebadet auf dem
großen Bett in ihrem Apartment.
Streckt den straffen Körper.
Sie ist unbekleidet.
Jana zieht ein wenig die Bettdecke herunter.
Knapp bis zu den Brüsten.
Sie beginnt an den freigelegten Brüsten zu
spielen.
"Jetzt, ja, mach weiter. Mach mich ganz frei."

Dann huscht sie schnell unter die Dusche.

Ein stets heißer Anblick, wenn der harte
Duschstrahl auf ihren Körper fällt.
Absolut makellos.
Sie liebt Ihre perfekte Model Figur.
"Jana, der perfekte Moment wartet nicht!"
Wie die Männer einen Waschbrettbauch
haben und die Damenwelt entzücken, hat
Jana ein hinreißendes Hinterteil.
Wohlgeformt ist untertrieben.
Mörderisch kommt eher hin.
Kein Mann kann da widerstehen und wird
wohl solchen Anblick nur in Fantasien
erleben.
Ein Po wie gemalt. Zarte Haut, prall und wilde
Fantasien öffnend, stets ein Anlass weiter zu
forschen.
Wie gehts weiter in Richtung der schönsten
Stellen?

Jana hat im Badezimmer mehrere Kerzen
angezündet, die ihr entgegenscheinen. Dann
ihren Körper ganz schwach beleuchten.
Augen blau, scharfer Blick.

Ein Mund der verlangt.
Sie träumt von den wildesten Fantasien.
Jana springt auf. Läuft ins Bad. Sie schaut in
den Spiegel. Nimmt ein Glas und schenkt
klares Wasser hinein.
Nach gut einer Stunde verlässt sie das

Apartment.
Setzt sich vorher eine Perücke auf.
Nimmt die Augenlinsen. Aus hellblau wird wieder grün.
"Es kommt nicht darauf an, wie weit ich gekommen bin. Es kommt darauf an, wie weit ich bereit bin weiter zu gehen."

Ja, sie ist ein böses Mädchen.
"Ja, ich habe vier Männer vergiftet.
Sie haben es verdient gehabt."
Ein Gedanke beherrscht Jana.
Ist sie überhaupt in dieser Zeit offen für etwas Neues?

Jana kann es nicht fassen.
Ist sie auf Bermuda oder in einer Hollywood Komödie?
Ja, es kann ein Hollywood-Thriller werden.
Roy Hammond ist wohl in sie verliebt. Bernd Kleinschmidt ist aus Wien gekommen.

Jana bleibt eiskalt und widersteht den Blick des herankommenden Streifen-Polizisten.
Polizisten in Bermuda-Shorts.
Die schicke halblange Hose wird auch von Offiziellen auf den Bermudas getragen.
Immer noch sehr britisch – und sehr viel mit Royal. Kein Wunder, man ist stolz darauf, seit mehr als 460 Jahren mit der Krone
verbunden zu sein.
Eine Begleitung des Polizisten bleibt etwas

zurück.

Jana fällt das Funkgerät auf.
"Hallo", begrüßt sie der Sergeant.
"Wir kontrollieren diese Gegend jetzt
nachhaltig junge Frau."
Jana ist cool.
"Ja, habe gelesen. Das ist ja furchtbar."
"Passen sie gut auf sich auf. Haben Sie
keinen Begleiter?"
"Doch schon, mein Freund ist gerade alleine
unterwegs."
"Ihren Ausweis bitte."
Jana zeigt den Ausweis.
"Okay Frau Fuchs", sagte der Polizist und
schaute sie dabei tief in die Augen.
Er traut sich Jana zu berühren.
Leicht am Arm.
Aber immerhin.

Jana rutscht fast das Herz in die Hose.
Es kommt Ihr vor, als wenn die locker
sitzende Jeans nass geworden ist.
"Wo kommen sie her, Deutschland?"
Sergeant Joe Morgan lächelt Jana an.
"Aus Berlin. Vor ein paar Wochen aus Wien
hierhergeflogen. Mein Freund ist Arzt in
Wien."
"Wenn sie mal Hilfe brauchen,
Behördenfragen, na ja, sie wissen schon, hier
meine Karte." Jana schaut die Behördenkarte
an. *Hamilton Police.* "Oh, ein schönes Foto.

Danke."

Der andere Polizist kommt hinzu.
Jonathan Bullock ist etwas kräftiger gebaut.
Dunkelfarbiger als Joe. Wie die meisten Cobs
auf Bermuda.
Sein Blick nicht gerade freundlich.

Die beiden Polizisten entfernen sich.
Jana hat ein Gefühl.
Dieser Polizist hat was an sich. Was es ist?
Gefühle für sie? Sie will es sich nicht
vorstellen. Noch ein Mann aus der
BERMUDA-Sammlung?

Jonathan Bullock spricht seinen Partner an.
„Und, um was gings?"
„Die Frau ist Deutsche, aus Wien gekommen
mit ihrem Freund. Ein Arzt. Ich checke das!"
„Okay, Alter. Verstehe. Bleib sauber mein
Freund."
„He, He."
„Ja, schon gut, aber trotzdem eine klasse
Braut die Deutsche."

Joe Morgan macht in der Regel auch das, was
er sagt.
In der Polizeistation angekommen geht er an
den Computer.
Checkt die angekommenen Flüge aus Wien.
Wird findig. Dr. Bernd Kleinschmidt, Wien.
Ohne Visum. Rückflug mitgebucht.

Gibt Diana Fuchs ein.
Scrollt einige Wochen durch. Ernüchternd stellt er fest: Diana Fuchs ist nicht eingereist aus Wien.

Er gibt den Namen in die Datenbank ein.
Keine Suchmeldung für diese Frau.
Einerseits ist er froh.
Aber warum hat die Frau ihn angelogen?
Er checkt die gemeldete Touristen-Adresse von Bernd Kleinschmidt.
Hamilton Princess & *Beach Club.*

Joe Morgan fährt über die MIDDLE ROAD und die FRONT STREET einige Hundert Meter auf der ROSE BANK ROAD und biegt in die Zufahrtsstraße in das FAIRMONT-Ressort.
Das luxuriöse Hotel am Wasser mit Blick auf den Hafen von Hamilton bietet Joe sofort einen Eindruck vom Infinity-Pool mit Blick auf den Hafen von Hamilton.
Bezeichnend für das Flair sind schwimmende Sonnenliegen.

An der Rezeption fragt Joe Morgan nach Bernd Kleinschmidt.
„Wir geben keine Auskünfte über unsere Gäste."
Die erwartete Antwort lässt den Polizisten nachfragen.
Polizei in dem Nobelhotel sicherlich kein Alltagsgeschehen.

So richten sich neugierige Blicke Richtung der Rezeption.

„Reine Routine. Es liegt nichts vor. Herr Kleinschmidt kann ein wichtiger Zeuge sein. Ich muss ihn befragen."
Der Hotel-Office Manager versucht Bernd Kleinschmidt vergeblich telefonisch auf dem Zimmer zu erreichen.
„Also auf seinem Zimmer ist er nicht. Er kann am Pool oder im Fitnesscenter sein. Oder er besucht eines der 4 hauseigenen Restaurants, das Crown & Anchor, das Marcus, das 1609 und das HP. In einem wird der Herr Kleinschmidt wohl speisen."
„Dann geben Sie bitte seine Telefondurchwahl. Ich versuche ihn zu erreichen."
„Das wird nicht möglich sein. Die Gespräche werden bei uns im Hause durchgestellt."

Der Polizist nimmt die Visitenkarte des Hotels an sich und verabschiedet sich höflich.

17

Sahrah Grant erwacht langsam.
An ihrer Hand spürt sie einen metallenen
Armreif. Daran eine lange Kette.

Ihr Blick geht ängstlich zu den aufgereihten
Kerzen. Es mögen über 30 Stück sein.
Zu zählen vermag sie nicht.
Wie lange sie geschlafen hat weiß sie nicht.
Wohl einige Stunden.
Der Raum ist gespenstisch leer.

James Wodridge öffnet die alte Holztür und
betritt ehrwürdig den Raum.
Er murmelt ständig vor sich hin.
„GOTT HAT DIESES LAND VERLOREN."
Dabei zündet er langsam die weißen Kerzen
an.
Eine nach der anderen.
Erst die länglichen. Dann die kürzeren.
Zuletzt die runden, dicklichen.
Nach einer Weile hält er inne.
Er kniet vor einem Kreuz, faltet die Hände zu

Gebet.
Spricht das VATER UNSER. Mit keinem Blick
würdigt er sein neues Opfer. Sarah verhält
sich ruhig. Ihren Atem unterdrückt sie.
Den Blick hat sie starr auf die steinerne
Kellerdecke gerichtet.
Ja, wer zuerst spricht, der hat verloren.
Sie will nicht die ersten Worte sprechen.
Ihr Kopf ist Gedanken frei.
Das Gehirn kommt ihr fast Blutleer vor.
Ausgesaugt, wie von einem Vampir.

„GOTT HAT DIESES LAND VERLOREN."
Die Worte wiederholt der in Sahra`s
Vorstellung kranke Mann und verlässt den
kargen Raum.
Sahra traut sich jetzt den hellen Kerzenschein
anzuschauen.
Sie beobachtet das flackernde Licht.
Ordnet die langsam zurückkehrenden
Gedanken.
Sie erhebt sich von der Pritsche und geht zu
einem Holzstuhl.
Die Kette, aus vielen Gliedern bestehend,
zieht sie hinter sich her.
Der kranke Mann hat die Holztür offen stehen
lassen.
Sie blickt hindurch und sieht James
Wodridge einen Holztisch knarrend
heranziehen.
Er trägt ihn durch die Tür hindurch und stellt
ihn vor dem Holzstuhl.

Wenig später deckt er den Tisch.
Ein eher normales weißes Geschirr.
Er legt ein Ess-Besteck dazu und stellt ein
leeres Weinglas mittig auf den Tisch.

„Haben sie kein zweites Glas?"
Sahra fordert das Schicksal heraus.
„Trinken sie mit mir?"
Fügt sie mutig hinterher.
James Wodridge spricht leise.
Er erwidert: „Der Herr hatte auch eine Braut.
Trank gerne Wein. Also warum nicht. Gerne!"
Sahra Grant hat es geschafft.
Er spricht. Der krankhafte Psychopath.
Der Ritual-Mörder.
Mörder von unschuldigen Opfern.
Wehrlose Frauen.

Eine Hand hat Sahra frei.
Sie nimmt eines der beiden mit Rotwein
gefüllten Gläser. Schaut den Mann an.
Makaber. Sie trinkt mit einem Massenmörder.
Wie soll sie die weitere Unterhaltung führen.
Sie möchte das Vertrauen von James
gewinnen.
Berufsschicksal. Sie ist nun mal eine
Psychologin. „Ich heiße Sahra."
„Ich weiß!"
Die Antwort verblüfft Sahra Grant.
„Sahra Grant!"
„Sie sind Psychologin. Ich habe sie
ausgesucht."

„Sie sollen mich verstehen. Und mit erleben, wenn ich die nächste Frau ihnen vorstelle!"
„Ich muss die ausgebrannten Seelen erlösen!"
„Ich brauche dabei ihre Hilfe."
Sahra hält James das Rotweinglas entgegen.
„Wollen wir uns duzen?"
James Wodridge schenkt aus der halbvollen Flasche nach.
„Sahra." „Angenehm, James!"
„Und wie weiter?" „Wodridge. Ich bin James Wodridge."
„Sie sind nett gekleidet, James. Passend zu dieser Situation."
Sahra steht auf und holt eine der Kerzen und stellt sie auf den Tisch.

James Wodridge beginnt zu erzählen.
In seinen Ausführungen erwähnt er immer wieder die *Cathedral of the Most Holy Trinity*.
Die Kathedrale der Heiligen Dreifaltigkeit.
In der Church`s Street.
Er war da als Kind im Chor.
Die anglikanische Kathedrale wurde 1844 im englischen Stil erbaut. Die Kirche muss einen hohen Stellenwert in James Wodridge Leben haben. Das spürt Sahra.

„Ich gehe jeden Tag dort zum Beten hin. Gott wird mich schützen."
Dann sagt er: „Ich werde ihm helfen, dass er das verlorene Land zurückbekommt."
„Das Licht wird erstrahlen. Das Licht ist

Jesus!"
„Was ist damals vorgefallen? Warum sind sie, ich meine, warum bist du nicht mehr im Chor?" James Wodridge antwortet nicht.
Er steht auf und verlässt ohne ein Wort zu sagen den Raum.

Sahra`s Erklärung kommt wie eine Erleuchtung. Klar. James Wodridge suchte als Kind Schutz in der Kirche. Vor der Mutter.
Die bekam er offensichtlich nicht.
Oh, mein Gott.
Ja, klar. Gott hat dieses Land verloren.
Die Kirche. Die Menschen.
Deshalb trägt James Wodridge die Pfarrer Kleidung.
Deshalb diese Inszenierungen.

Sahra wird das Ritual des Mannes immer klarer.
Er straft in Gottes Namen.
Vollzieht das Urteil.
Was mag er mit ihr vorzuhaben? Soll sie sein Zeuge sein?

Zur gleichen Zeit

Horseshoe Beach

Bernd Kleinschmidt bleibt kurz stehen.
Das Meeresrauschen behindert die
Konzentration auf negative Gedanken.
Leise wird zu laut.
Der Ausblick auf die Weite des glasklaren
türkisfarbenen Meeres lenkt seine Gedanken.
Weg von Anspannung und Angst.
Gibt ihm das Gefühl der Abwechselung von
Festhalten und Loslassen.

Auch Jana spürt den Sand zwischen den
Zehen im Einklang mit den sinnlichen,
Knöchel umspülenden, erfrischenden
Meereswellen.
Sie spürt die Sonne auf der Haut, die Gerüche
des Meeres.
Sieht die Farben und Formen der Wolken am
Himmel.
Ja, es sind Schattenspiele der Seele, die die
Beiden erleben.

Bernd nimmt Diana`s Hand.
Langsam gehen sie weiter.
Es fallen keine Worte.
Worte gehen unter in diesem Zauber der
Natur.

Drei Tage später

18

Tucker`s Town

Um in den Wagen einsteigen zu können
mußte Bernd Kleinschmidt nicht lange
warten. Die Nennung des Fahrziels war der
Beginn der anfangs netten Unterhaltung mit
dem Taxifahrer. Der Taxifahrer von PREMIER
CO-OP hat am Hotel ein junges Paar
abgeliefert. So war er sofort bereit den neuen
Fahrgast aufzunehmen.
Über die SOUTH ROAD fährt das Taxi schnell
über die HARINGTON SOUND ROAD in die
Region von *Hamilton Parish*.

Tucker's Town ist eine kleine Gemeinde in St.
George's Parish, Bermuda an der Mündung
des Castle Harbour.
Es ist der einzige Teil der Gemeinde auf der
Hauptinsel und umfasst die Halbinsel
Tucker's Town, auf der sich heute viele
Häuser von wohlhabenden Einreisenden
befinden.
Bernd Kleinschmidt hat nicht bemerkt, daß

seinem Wagen in einem sicheren Abstand
Sergeant Joe Morgan folgt.

Bernd Kleinschmidt zahlt das Taxi mit
BERMUDA-Dollars. Er schaut sich mehrmals
um, dass ihm niemand folgt.
Sein Ziel ist das Dingi, das seit der
Anlandung von Diana Fuchs vor der kleinen
Bucht an Land liegt.

Die Gegend rund um Tucker's Town
beherbergt einige der exklusivsten und
teuersten Immobilien der Welt und ist der
Treffpunkt ausländischer Millionäre, die von
Klima, Umgebung und Steuerfreiheit
angezogen werden.
Der Zugang ist stark eingeschränkt, da
Menschen, die nicht in Tucker's Town leben,
im Allgemeinen von der Halbinsel
ausgeschlossen sind, die sich am
südöstlichen Rand des Castle Harbour
erstreckt.

Der *Natural Arches Beach* liegt an der
Südspitze der Halbinsel und verbindet sich
dort mit dem Festland.
Er ist *Bermudas* berühmtester Strand und
war bekannt für seine natürlichen
Felsformationen und Höhlen, bis sie 2003
vom Hurrikan *Fabian* weitgehend zerstört
wurden.
Bernd Kleinschmidt ist überrascht vom

plötzlichen Erscheinen von zwei
braunhäutigen jungen Männern.

„Sie können mir helfen das Boot ins Wasser
zu schieben. Ich will es zu einer anderen
Bucht fahren." Bernd spricht die Männer auf
Englisch an.

Der junge Mann antwortet nicht.
Als sich Bernd Kleinschmidt in Richtung des
Bootes bückte, trifft ihn, von hinten
ausgeführt, ein Schlag mit einem Golf-
Schläger.
Ohne eine Vorwarnung. Heimtückisch.
Anschließend zieht der andere den Verletzten
stark blutenden Mann an das Wasser.
Gemeinsam wollen sie den Körper ins Dingi
legen.

„Bleiben sie stehen. Einen Schritt zurück.
Und legen sie die Hände auf die Bootswand!"
„Das gilt für sie Beide!"
Die jungen braunhäutigen hören die
Anweisung des Sergeants. Einer der beiden
bückt sich zum Golf-Schläger.
Joe Morgan zieht seine Pistole. „Nehmen sie
die Hände hoch."
Einer der Männer kniet zu Boden.
Der Polizist zieht Bernd Kleinschmidt aus
dem Wasser. Fühlt seinen Puls. Nimmt das
Sprechgerät und ruft die Rettungsstation.
Den Männern legt er Handschellen an.

„Können sie mir ihren Namen nennen?" Der
Verletzte schaut den Sergeant starr an. Es
kommt erst keine Antwort. Dann ganz leise:
„Ich weiß nicht."

Außer dem Rettungswagen kommt noch ein
weiterer Polizeiwagen.
Sirenengeheuls und Blaulicht locken
Schaulustige an.

Zwei Polizisten führen die Täter zum Einsatz-
Fahrzeug.
Das Dingi wird auf ein Abschleppfahrzeug
gezogen. Um den Tatort wird eine Absperrung
angebracht.

Bernd Kleinschmidt wird im Krankenwagen
stabilisiert.
Die Fahrt mit den weißen Krankenwagen zum
KING EDWARD VII MEMORIAL Krankenhaus
geht schnell.
Das erst 2014 fertiggestellte Hospital fällt
durch die komplett hellblaue Shiloette auf.
Es wird über die SOUTH ROAD schnell
erreicht.
Der Zustand von Bernd Kleinschmidt ist
kritisch. Der Schlag auf den Hinterkopf hat
eine Gehirnverletzung hervorgerufen.
Er wird operiert.
„Wie sind die Überlebenschancen?"
„Schwer zu sagen. 50:50. Die Blutung im
Gehirn hat eine retrograde Amnesie zur Folge.

Die beiden Männer werden zur Police
Headquarters, 52 Victoria Street, gebracht.
Sie werden den üblichen
Erkennungshandlungen unterzogen.
Auf der Polizeistation ist am heutigen Tag der
Überfall das Hauptthema.
Detective Ryan Shaw bekommt den Bericht.
Für den kommenden Tag ist die erste
Vernehmung angesetzt.

Bisher haben die beiden Männer geschwiegen.
Sie sind über ihre Rechte aufgeklärt worden.

Bei der Anhörung wird ein Anwalt für
Strafrecht anwesend sein.

Bermuda ist weltweit führend, wenn es
darum geht, Kriminelle einzusperren. Die
Insel ist weltweit führend im Bereich der
Inhaftierung und in der Statistik vor Ländern
wie USA und Südafrika.
Auf 10000 Einwohner auf den BERMUDA
kommen 48 Inhaftierte.
Es gibt zwei Gefängnisse.
WESTGATE, der Prison Farm und der CO-ED
FACILITY.
Rund 300 Personen sind inhaftiert.
Darunter sind 50 Ausländer. Bald werden es
zwei Personen mehr sein.
Gegen die jungen braunhäutigen Männer ist
die Beweislage erdrückend.
Alle Spuren, Tatwaffe, DNA wurden gesichert.

Braunhäutige sitzen auf den BERMUDA
mehr ein als die schwarzen Bermudas.

Die spätere Gerichtsverhandlung wird im
COURTHOUSE in Hamilton sein.
Im DAME LOIS BROWNE-EVENS-Gebäude,
58 Court Street, HM 12.
Das Strafgericht befindet sich im zweiten
Stock.
Der Detectiv Ryan Shaw fährt mit Sergeant
Joe Morgan in das KING EDWARD.
Sie sprechen mit dem behandelnden Arzt.

„Der Patient ist noch nicht ausser
Lebensgefahr. Wir können hier nichts für sie
tun." Ryan Shaw hinterlässt seine
Visitenkarte. Als der Detective zurück ist ruft
er das Konsulat von Österreich an. Er
informiert den Mitarbeiter des Konsulates in
Hamilton und bekommt einen Termin.

Detectiv Ryan Shaw trifft am kommenden Tag
im Konsulat, dem BERMUDA WILLIAMS
HOUSE, 4th Floor 20 Reid Street HM 11, ein.
Er veranlasst, dass die Angehörigen von
Bernd Kleinschmidt benachrichtigt werden.
Es gibt eine Tochter in Wien.
Der Detectiv schickt Sergeant Joe Morgan in
das Hotel des Opfers.
Hamilton Princess & Beach Club.
„Checken sie das Zimmer. Ob es einen
Hinweis gibt. Motiv. Sie wissen schon."

Joe Morgan kommen die ersten
Vermutungen. Sind die beiden Männer auch
die Täter im dem Fall vom toten Junkie?
Wollten die beiden Braunhäutigen das Dingi
stehlen und damit flüchten? Und wie geht es
mit der jungen Deutschen weiter?
Jonathan Bullock parkt mit laufendem Motor
vor der Polizeistation.
Joe springt in den Wagen.
„Hi, Alter. Es gibt Arbeit!"

Wenig später im Jahr 2015

Wien

„Christa Kleinschmidt, Telefon für sie. Es ist wichtig."
Die Journalistin verlässt mit einer kurzen Entschuldigung die Sitzungsrunde.
Der Anruf des Konsulatsbeamten ist schockierend.
„Sagen sie das nochmal. Das kann nicht sein. Das darf doch nicht sein."
Nur langsam begreift sie die Situation, dann sackt sie zusammen. „Schnell, ein Glas Wasser!" Eine Kollegin hilft Christa auf.
„Setzen sie sich erst einmal. Hier ein Glas Wasser."
Christa`s Blick ist leer. Sie bekommt kein Wort heraus. „Ich muss auf die BERMUDA. Mein Vater...." Sie stockt.
„Mein Vater liegt im Krankenhaus. Im Koma."

Der Büroleiter kommt hinzu.
„Frau Kleinschmidt, überstürzen sie nichts. Wenn sie Hilfe brauchen......!"
„Ich brauche Urlaub und einen Flug."
Sie stürzt an den PC. Tippt Wien-Bermuda ein. Mehrere Angebote werden sichtbar.
AIR CANADA. 1 Stopp. Hin-und Rückflug 1024,--€. Sie bucht kurzentschlossen.

Vor einigen Tagen

19

Hamilton

„Diana, wir müssen unser Leben neu definieren."

„Dann fang an damit, Bernd. Kaufe das Haus in der Nähe von *Astwood Park*. Malerische Aussicht. Feiner Sandstrand. In der Nähe ein Golfplatz. Es ist reserviert. Im Januar ist es beziehbar."

Als Bernd von dem Preis hört, kann er Diana`s schwärmen von dem Objekt verstehen.
Sie erklärt weitere Details. 200.000,-- Dollar.
Kleines frei stehendes Haus.
Angebaute Garage. Ruhige Nebenstraße.
Die Nachbarhäuser im ähnlichen Stil gebaut.
Die farblichen Varianten ergeben den typischen BERMUDA-Flair.
Bernd konnte sich das nicht vorstellen. Er kennt *Hamilton* als Platz 1 der teuersten Städte auf der Welt.

Die Hauptstadt des britischen
Überseegebietes Bermuda, führt seit 2015 das
Ranking der teuersten Städte der Welt an.
Die Lebenshaltungskosten sind hier immens
hoch.

„Diana, wer hier leben will, muss mit fast
5.000 Euro an Lebenshaltungskosten pro
Monat rechnen."
„Ist das ein Problem für dich?"
„Es lebt sich in der 3000-Einwohner-Stadt
auf den Bermudas um 45,43 Prozent teurer
als im Big Apple." Diana antwortet cool.
„Mal abgesehen von den hohen Kosten,
genießt man in *Hamilton* aber ein ziemlich
sorgenfreies Leben: Es gibt nämlich keine
Einkommens- sowie Mehrwertsteuer und die
Arbeitslosenquote geht gegen null."

„Die Rechnung bitte!"
Bernd zahlt den Besuch in der Bar *The Hog
Penny* in der *Burnaby Street*. Bringt Diana
noch bis zur *Front Street*. Sie umarmen sich
und gehen in entgegengesetzte Richtungen
weiter. Als Bernd im Hotel zurück ist, ruft er
vom Hoteltelefon das Konsulat an.
Er bekommt einen Termin zum Besuch in
Hamilton. BERMUDA WILLIAMS HOUSE, 4th
Floor 20 Reid Street HM 11.

Eine Woche später

20

L.F. Wade International Airport

Der L.F. Wade International Airport ist der einzige Flughafen auf *Bermuda*. Er liegt auf Saint David's Island, einer Insel 11 Kilometer nordöstlich der Hauptstadt von Bermuda, Hamilton.

<u>Christa Kleinschmidt</u> steht in großen Buchstaben auf dem DIN 4 Handzettel der Konsulatsbeauftragten.
„Hatten sie einen guten Flug?" Wohl eher eine Anstandsfrage als wirkliches Interesse, schätzt Christa Kleinschmidt die Situation.
„Ja, danke." Die Antwort war nicht gelogen. An Bord der AIR CANADA kann sich der Fluggast wohl fühlen.
Die meiste Zeit hat Christa Kleinschmidt vor sich her gegrübelt.
Hat wenig Schlaf gefunden. Zur Zerstreuung etwas gelesen.

„Das Konsulat hat mich beauftragt sie zum Hotel zu begleiten. Denke sie können ihre

Sachen im Zimmer ihres Vaters lassen.
Dann fahren wir zum Krankenhaus. Das sind
hier auf Bermuda alles kurze Wege."

Österreich hat auf den *Bermuda* außer dem
Konsulat auch eine Botschaft.
Christa Kleinschmidt hatte während des
Flugstopps ihre Ankunft mitgeteilt.
„Es gibt bestimmt bessere Umstände dieses
schöne Fleckchen auf der Erde
kennenzulernen. Tut mir Leid. Ich wünsche
ihnen das Beste mit ihrem Vater."
Die Konsulatsbeauftragte ist Selbständig. Hat
ein Servicebüro und wickelt alle
Dienstleistungen für Touristen ab.
Insbesondere die Angelegenheiten mit den
Behörden bei Einwanderung.

„Ich weiß, Ihr Vater wollte sich auf den
Bermuda niederlassen. Er hatte mich schon
kontaktet. Wollte ein Haus kaufen. Ach,
schrecklich."

„Wissen sie Näheres von dem Überfall auf
meinen Vater?"
„Wir können nach dem Besuch im
Krankenhaus noch zur Polizeistation fahren."
„Ja, auf jeden Fall. Ich will mit dem Polizisten
sprechen. Mit dem, der wohl sein Leben
gerettet hat." Sie beginnt zu weinen.
„Ich hoffe, er schafft das!"
Das Auto biegt in das Hotelressort ein.

Die beiden Frauen gehen zur Rezeption und klären den Sachverhalt.
Es gibt keine Probleme.
Christa Kleinschmidt geht schnell auf das Zimmer. Macht sich im Bad frisch, wechselt die Kleidung und ist nach zwanzig Minuten wieder in der Hotelhalle.
„Hier, eine kleine Erfrischung vom Haus!"
Hastig trinken die beiden Frauen den gebrachten Orangensaft, gehen zum Auto und fahren zum nahegelegenen Krankenhaus.

Während der Fahrt ist eine unheimliche Ruhe im Wagen.
Die Christa begleitende Frau hat den emotionalen Zustand schnell bemerkt und führt keine Unterhaltung.
Sie parkt das Auto und geht voran zum Krankenhaus.

Eine Krankenschwester begleitet die Tochter des Patienten auf die Station. Aus dem Krankenzimmer kommt gerade eine Pflegerin. Sie hält Blickkontakt zu der Angehörigen. Bedacht, freundlich. Der Mann, der als Arzt so vielen Menschen geholfen hat, liegt nun selber in einem Krankenbett.

„Ihr Vater wurde in ein künstliches Koma versetzt. Es wurde durch die Hirnverletzung notwendig. Die Operation verlief gut. Jetzt müssen wir Geduld haben."

Die Krankenschwester hält kurz Christa`s
Hand. Christa Kleinschmidt kann ihren Vater
nur durch eine Scheibe sehen.
Was sie sieht ist für sie nur schwer zu
ertragen. Das Gesicht ist nicht zu erkennen.
Fast vollkommen bandagiert. Im Mund hat er
einen Schnochel. Angeschlossen an die
Geräte.
„Bleiben sie bei Ihrem Vater. Wenn sie was
brauchen wenden sie sich an uns."
Christa Kleinschmidt antwortet gefasst.
„Ja gerne, noch einen Moment. Unten wartet
noch eine Frau vom Servicebüro. Wir wollen
noch weiter. Ich komme gerne morgen. Da
bleibe ich dann länger, wenn ich darf."
„Das ist in Ordnung. Dann machen wir
morgen die Formalitäten. Sie wissen
schon......"
„Ja, klar. Krankenkasse usw. Ich hoffe, ich
kann alles erledigen, was nötig ist."
„Wir haben keinen Zeitdruck. Ihr Vater ist bei
uns in guten Händen."

Wenig später kommt Christa mit verweinten
Augen in das Foyer des Krankenhauses.
In einer Ecke sitzt die Konsulatsbeauftragte.
„Wollen wir gleich weiter?"
„Gibt`s hier ein Cafe?"
„Na, klar. Gute Idee." Die beiden Frauen
gehen in das Cafe und bestellen sich einen

Latte Machiato und einen Martini.
„Konnten sie sich beruflich gleich
freimachen?"
„Ja, kein Problem. Schwieriger war es so
schnell meinen Jungen unterzubringen."
„Haben sie Kinder?"
„Nein, noch nicht."

Joe Morgan hat bereits in der Polizeistation
auf Christa Kleinschmidt gewartet.
Der Polizist ist durch seine Arbeit viel
gewohnt. Doch dieses feige Verbrechen an
dem Mann sprengt das Vorstellbare.
Immerhin konnte er die Täter verhaften.
Das einzig gute an der Situation.

Christa Kleinschmidt erfährt die Details.
Es war also kein Zufall. Sergeant Joe Morgan
war Ihrem Vater gefolgt.
Er ermittelt also in seinem Umfeld.
Sind sie der Frau, dieser Diana, schon auf der
Spur? Was soll sie preisgeben?
Ihre Gedanken überschlagen sich.
Sie entscheidet erst einmal Ihr Wissen für
sich zu behalten.
Jetzt ist ihr Vater der Mittelpunkt des
Handelns. Ihm gelten alle Gedanken und
Gefühle.
Christa bedankt sich bei dem Polizisten.
Verabschiedet sich von der netten Begleitung.
Den Weg zum Hotel geht sie unter den vielen
neuen Eindrücken der Umgebung zu Fuß.

21

Hamilton

Detective Ryan Shaw betritt von einem
Sergeant begleitet die fürs Rotlichtmilieu
bekannten Club.
Nachforschungen haben die Spur dorthin
geführt.
Joe Morgan hatte die Personalie des
Partymädchens notiert. Sandra Bolt.
„Was macht`s du hier?"
„Nach was sieht es denn aus?"

Der Detective zeigt der jungen Frau zwei
Fotos. „Kennst du diese Männer?"
„Nicht wirklich!"
„Die kennen aber dich."
Ryan Shaw konfrontiert die junge Frau mit
den Aussagen der beiden Braunhäutigen.

„Dann schau dir doch mal dieses Foto an. Wir
denken, du hast den Mann angelockt und mit
zu der Party genommen. Dort wurde er
betäubt, ausgeraubt und dann habt ihr ihn
fliegen lassen."

Das Partymädchen reagiert scharf.

„Nein, so war das nicht. Ja, ich bin ein
Asphaltengel. Okay. Die Straße ist mein
Revier. Gebe den Männern Liebe.
Stelle keine Fragen. Gebe ihnen Antworten.
Ich bringe sie doch nicht um!"

Wenig später erzählt Sandra Bolt ihre
Version.
„Der Idiot. Könnte noch leben. Was sind
schon 200 Dollar für ein Leben? Ja, er wollte
nicht bezahlen. Es kam zum Streit."
„Und?"
„Die beiden Braunhäutigen kamen dazu.
Klärten das."
„Klären nennst du das? Das war ein
kaltblütiger Mord."
„Jeder macht mal einen Fehler!"

Der Detective nimmt die Handtasche des
Partymädchens. Schüttet den Inhalt aus.
„Was haben wir denn hier?" Er legt die
Heroinspritze in einen Plastikbeutel. Er hält
ihr das Fläschchen KO-Tropfen vor die Nase.
Ein Bündel 500 BERMUDA-Dollar.
Das Partymädchen erstarrt.
Joe Morgan legt ihr Handschellen an.
„Fuck. Fuck. Ich sage jetzt nichts mehr."
Dann verstummt sie.
Der Detectiv hatte recherchiert. Die Frau hat
als Lockvogel gearbeitet. Lockte Touristen an.

Hotels, Bars, Clubs. Golf Resort.
Diskotheken.
Diesmal war es aus dem Ruder gelaufen.

„Kann schon so gewesen sein, wie sie sagt,"
stellt Ryan Shaw ernüchternd fest.
„Der Mann wollte wohl nicht zahlen. Keine
gute Entscheidung!"
„Ja, die Männer haben ihn dann gefilzt. Seine
ganze Kohle abgenommen."
„Und 500 sind dann bei dir gelandet.
Zufällig."

Im Headquarter stellt Chief-Insepctor John
Williams schnell klar:
„Wir brauchen Beweise. Von den Männern
wird keiner ein Geständnis machen."
„Wir können der Frau was anbieten."
„Da ist doch Luft nach oben: Mittäterschaft
an einem Mord oder paar Jahre auf
Bewährung. Vielleicht mit einer Geldstrafe
davon kommen."
„Versuchen sie es. Bieten sie Sandra Bolt
einen Deal an."

In dem kargen Verhörzimmer schiebt der
Detectiv dem Partymädchen ein Glas Wasser
zu. Er hat sie gut 20 Minuten warten lassen.
Auf der Mitte des Tisches steht ein
Aufzeichnungsgerät. Ryan Shaw macht es
funktionsbereit.
Belehrt die Frau über ihre Rechte.

„Ich glaube dir, du machst deinen Job gerne.
Ich habe kein Problem damit. Jeder Mensch
muss arbeiten. Unser Job ist den Fall
aufzuklären. Beweise zusammen zu tragen,
die bei Gericht verwertbar sind und Bestand
haben."

Der Inspector sieht die junge Frau freundlich
an.
"Ich will ganz offen sein. Ich möchte dich um
deine Hilfe bitten. Die beiden Männer sollen
für den Mord verurteilt werden. Was du nicht
wissen kannst, die beiden haben einen
weiteren Mann, einen älteren Touristen
überfallen. Er ringt um sein Leben."

„Das tut mir alles sehr leid. Was bringt mir
das, wenn ich der Polizei helfe?"
Sandra Bolt versucht Zeit zu gewinnen. Muss
jetzt überlegen.
„Ich kann dir nichts versprechen, aber sagen
wir mal so, aus Erfahrung wird es der Richter
bei deinem Strafmaß deine Aussage
berücksichtigen."

Etwa eine Stunde später unterschreibt die
junge Frau das Verhörprotokoll.
Sie belastet sich selber nicht.
Schildert den Verlauf des Abends und den
Tathergang.

Zur gleichen Zeit

22

Berlin

Tom Busch hat gerade die Redaktionssitzung der BILD in Berlin verlassen.

Mehrere Monate hat er schon keinen Kontakt mehr zu Sonja Halbach.
Es war seine Idee. Wichtig, sie in Sicherheit zu bringen.
Vor Thomas Jordan, der Wettmafia, der SOKO TODESKUSS.
Er hat ihr das Geld für die SY BELANDO vorgestreckt. Ihr einen Verleger samt Kostenvorschuss besorgt.
Heute, beim dritten Versuch, erreicht er sie telefonisch.

„Wie ist das Wetter auf den *Azoren*?"
Sonja Halbach erreicht der Anruf kurz nach Eintritt in ihre Wohnung in *Ponta Delgado*.
Auf *Sao Miguel,* eine der neun Inseln der *Azoren* herrscht ein ozeanisch-subtropisches Klima mit recht geringen Unterschieden zwischen den Jahreszeiten vor.

Dies äußert sich in milden Wintern und nicht allzu heißen Sommermonaten, wie man sie sonst in subtropischen Gebieten erwarten würde. Die Luftfeuchtigkeit ist relativ hoch, da die Winde über offenen Atlantik getragen werden und entsprechend viel Feuchtigkeit transportieren.

„Sag mir bitte gleich, was du wirklich willst."
„Ich habe mich schon erkundigt. Winter ist bei dir vom Klima eher unserem deutschen Frühherbst ähnlich."
„Ja, so um die 17-18 Grad Celsius. Das

Wetter ist zu dieser Zeit schwer berechenbar, sowohl sonnige ruhige Tage als auch stürmische Regentage sind möglich."

„Und, gibt es schon einen Buchtitel?"
„Der stand immer schon fest:
DIE ABRECHNUNG!
„Sende mir doch mal eine kleine Leseprobe."
„Ja, und am besten du machst mir einen Vorschlag von deinem Favoriten der Cover Auswahl. Ich habe drei."

Noch am selben Tag kann der BILD-Reporter die ersten Seiten als Auszug lesen.
Schaut sich die Cover Vorschläge mit den jeweiligen Klappendeckeltexten an.
Tom Busch wittert das große Geschäft.
Er hat bereits die Rechte für die
Veröffentlichung in der BILD ausgehandelt.

...---...

Berlin, im Jahr 2013

Dieter Most erlebte einen normalen Vortrag im Maritim.
Die eingeladenen Ärtze kennen aus vielen Veranstaltungen das Prozedere. Das oder die unter die Leute, sprich Patienten, gewünschte Medikament wird hochgejubelt. Natürlich nur zum Wohle der Patienten. Auch die sind Kunden. Nichts anderes. Menschen sind Kunden überall.
Dr. Most macht sich da nichts vor.
Er schätzt es ein wie es ist. Rechtfertigt sich mit der allgemeinen Handhabung. Die Krankenkassen sind vertreten. Private wie die Gesetzlichen. Arztkollegen. Die Apothekerschaft, die Verbände. Alle in einem Boot. Das fährt Richtung Kurs Gewinnmaximierung. Da alle im Boot mitfahren machen alle mit bei der Gewinnmaximierung. So ein Kongress ist immer ein Highlight.
Mal raus aus dem Alltag. Rein in das Vergnügen.

Zur Betreuung sind natürlich die Pharmaverteter dabei. Für jeden was dabei. Für die Männer, für die Frauen und natürlich auch für die, die anderes herum sind.

Normal. Ehe für alle heißt doch auch
Vergnügen für Alle von Allen.

Dr. Most trifft da keine Wertung über anders
denkende. Zwar als eher sehr konservativ
und als angestammter CDU - Wähler mit
christlicher Grundeinstellung, aber auch nur
ein Mensch. Heute vermisst er seine liebste
Betreuerin. Immerhin erreichte ihn auf
seinem Zimmer noch ein persönlicher Anruf.
Es tat ihr Leid. Krankheitsbedingt muss sie
fernbleiben. Einige Gedanken sind dennoch
bei der Pharmavertreterin. Nettes Vergnügen
immer gewesen. Spesenabrechnung. Sex
inbegriffen. Also rein christlich. Weil
menschlich. Warum sind Männer immer
Opfer? Warum legen diese Art von Frauen den
Verkauf der Reize vor den Verkauf der Ware.

Der Arzt telefoniert mit seiner Frau. "Schatz,
ich bin es. War stressig heute. Viel Neues. Du
weißt schon. Noch zweimal schlafen, dann bin
ich wieder bei Dir. Ich liebe Dich!"
"Ich Dich auch"!

Schnell hat sich Dr. Diester Most mit lockerer
Kleidung versorgt und nach einem prüfenden
Blick in den Badezimmerspiegel und
routinemässigem Einduften mit seinem
BOSS-Duft begibt er sich zum angebotenem
Freizeitteil. Der Abend beginnt mit einem
Dinner vom aufgebauten Büfett. Nette

Gespräche unter den Kollegen sind Pflicht.
Vielleicht bekommt man ja etwas heraus, was
der Kollege so vorhat an neuen Investitionen
oder ob es weitere Neuigkeiten gibt.
Gegen 22 Uhr geht es endlich an die Bar. Die
Bar ist im *MARITIM* sehr gefragt. Gut besucht
auch von Hotelgästen und auch Passanten,
die eine nette Atmosphäre mit etwas höherem
Intellekt bei den Gästen vermuten lassen.

Jana und Jennifer sitzen an der Bar.
Die kurzen Haare mit einer blonden und
schwarzen Langhaarperücke perfekt
überdeckt. Sie sind lächelnd in einem
Gespräch verwickelt. Unter sich und auch mit
den Sitznachbarn.

Dr. Most und Jana´s Blicke treffen sich kurz.
Im Maritim singt mit ihrer Soulstimme *Carol
Jones*. Die ersten ausgelassenen Bargäste
bewegen sich im Ryhtmus dazu. Auch Jana
und Jennifer sind dabei. Und sie bewegen
sich gut. Eng geschnitten der dunkle
Hosenanzug von Jana.
Jennifer trägt ihn mit einem roten Oberteil.
Die langen blonden und schwarzen Haare
geben einen faszinierenden Anblick. Nicht nur
für Dieter Most. Schnell wird Jana von einem
dunkelhaarigen Mann in ein Gespräch
verwickelt. Sicherlich das normale.
Urschleim. Sind sie auch Gast hier? Wie lange
bleiben sie? Was machen sie beruflich?

Ist das ihre Kollegin? Die ist ja auch sehr nett!
Letzteres könnte dann wohl ein Fehler sein!

Jana ist sehr abgebrüht. Sie weiß es auszukosten, warten zu können, nicht den ersten Kontakt annehmen. Obwohl es ein sympatihscher Mann ist.
Sie hat sich einen anderen Mann ausgeguckt.
So gehts. Es soll das passieren was sie will.
Wen sie will. Wie sie es will.

Dieter Most nimmt Jana zur Kenntnis, als sie an den Bartresen zurückkommt. Allein.
Jennifer bleibt noch beim Ryhthmus auf der, zum Tanzen animierenden, Freifläche in der Bar. Teil des Plans.
So setzt sich Jana allein an einem Stehtisch.
Es sind nur wenige Momente, dann geht der Arzt zum Stehtisch.
"Sie können sich gerne auch setzen", spricht Jana ihn an. "Meine Freundin ist noch in Schwung", und lächelt dabei.
"Ja, ist eine gute Stimmung hier und vor allem gute Atmosphäre. Ich mag es nicht, wenn es zu voll und zu laut ist."
Versucht der Arzt dabei klar zu sprechen und das Lächeln zu erwidern.
"Sind sie auf dem Kongress? Ich habe die Stände im Foyer gesehen. Sind sie im Gesundheitswesen involviert?"
"Ja, ich nehme für zwei Tage hier teil. Die Zeit

fehlt natürlich woanders. Aber ist schon
okay."

Und er ergänzt: "Und sie?"
"Wir wollen mal zwei Tage Berlin erkunden.
Ich bin mit meiner Freundin hier. Sie wohnt
in Regensburg und komme aus München."
"Das ist nicht zu überhören", bricht es
lachend aus dem Arzt heraus. Und er legt
nach: "Bayern ist super, nicht nur im Urlaub,
ich mag die Menschen, die Art. Hart aber
herzlich."
"Stimmt!"
"Und wir mögen Gaudi", kann es Jana sich
nicht verkneifen.

Zwischenzeitlich hat er sich auf den Hocker
am Stehtisch gesetzt.
"Und was mögen sie sonst noch so?"
"Ach da gibt es Vieles," lässt Jana es offen.
"Und was?"
"Ganz schön neugierig, Herr....?"
"Oh, ja stell mich gerne vor. Dr. Dieter Most."
"Ich bin Jaenette Huber.
"Sie nimmt ein Glas. "Wollen wir Du sagen?"
" Na klar, gerne. Prost Jaenette!"
"Prost Dieter!"

Eine ausgiebige Unterhaltung folgt.
Die beiden haben viel zu erzählen.
Dann kommt Jana (Jeanette) zur Sache.
"Meine Freundin kann wohl heute nicht

genug bekommen. Ich werde langsam müde.
Also danke für die nette Bekanntschaft."
Sie steht auf.
Richtet ihr Kostüm.
Greift sich in die langen blonden Haare.
"Darf ich sie zum Fahrstuhl begleiten?"
Endlich. Jana hat sofort begriffen:
Der Mann hat angebissen.

Es dauert nur wenige Minuten, dann öffnet
sich die Fahrstuhltür. Dieter Most erlaubt
sich mit hineinzutreten. Er drückt die Etage.
Es fallen keine Worte. Er steht ganz nah
neben ihr. Spürt den weichen Atem. Dann
nimmt er ihre Hand. Die Fahrstuhltür öffnet
sich. Ohne ein Wort gehen die Beiden die
Flurwege entlang. Dann bleibt Dieter Most
stehen. "Ist es für dich okay bei mir? Denke,
deine Freundin will irgendwann auch auf ihr,
äh mmh euer Zimmer."

Jana antwortet nicht. Zieht beim hineingehen
schwarze gemusterte Seidenhandschuhe an,
dann das schwarze Oberteil aus. Welch ein
Anblick. Sehr noble rote Dessus treten ins
freie. Bedecken ihre prallen Brüste.
"Jaenette, Du bist eine sehr schöne Frau",
darf ich dich lieben?"
Es kommt fast stockend aus seinem Mund.
"Du bist ein Schlingel. Entführst mich.
Wohin?"
"In das Glück!" Er küsst sie. Erst zart.

Dann ausgiebig lange. Jana erwidert und fast
den Arzt an den Hosenschritt. Sie schiebt den
gutaussehenden Mann vor sich her. Es ist
nur ein kleiner Stoß nötig. Dieter Most liegt
auf dem großen Doppelbett. Will sich noch
von seiner Hose befreien.
"Halt, Halt. Langsam. Wir haben Zeit.
Entspann dich!"

Jana legt ihre enge Hose ab. Das Unterteil des
Dessous hält ihre Strumpfhose. Ein edles
Netzteil. Edel wie alles an ihr. Langsam streift
sie das Netz an den Beinen hinunter. Steht
jetzt aufgebäumt vor dem Bett und
beobachtet die Blicke des immer geiler
werdenden Mannes.
"Das ist heute Nacht deins", sagt sie
verführerisch und öffnet dabei den BH. Große
Knospen stehen und leuchten den
erwartungsvollen Mann an.

Jana stellt einige der grellen Leuchten aus
und gibt dem Raum eine Ruhe und
Gediegenheit. Dann schlüpft sie mit einem
Bein aus dem Slip. Fasst sich an die
Scheidenöffnung. Dieter sieht, wie Jana
feucht wird. Er kann es nicht erwarten.
"Bleib ruhig! Du willst es doch ganz
besonders, oder?"

Dieter bekommt kein Wort mehr heraus.
Er sieht wie Jana eine metallene Handschelle

aus der Handtasche nimmt und sie auf das
Bett legt.
Dann beugt sie sich nackend über den
angezogenen Mann. Dreht sich und setzt sich
rücklings auf ihn. Er fast sie um und greift
gierig an ihre Brüste.
Sie sieht seine Erregung im Spiegel.
Wie er kämpft mit seinen Gefühlen.
"Mach es dir selber. Ich will es sehen!"
Sie öffnet seine Hose.
Der Aufforderung gibt sich Dieter Most voll
hin. Jana erfreut sichtlich der Anblick des
Sperma.
Dann eröffnet sie das Spiel mit der
Handschelle.
Der Arzt ist, wie benebelt von der Vorstellung,
wie es jetzt weitergehen wird. Jana sieht sich
am Ziel der ABRECHNUNG.

"Dieter, küss mich!"
Der Arzt blickt in rote Lippen, die sich
langsam öffnen.
"Mmh, sehr süss, was war das, Jaenette?"
"Das war Gift! Ich habe Dich vergiftet.
Du wirst in wenigen Stunden tot sein."
Der Arzt begreift schnell die Lage.
"Was soll das, warum Jaenette?"
"Lass es uns ganz kurz machen", spricht sie
eiskalt, zieht sich dabei einen Bademantel an.

An der Zimmertür ein Klopfzeichen.
Abgesprochen die Folge.

"Ihr kennt Euch ja bereits. Meine Freundin hat das Gegenmittel. Es liegt bei Dir. Wir wollen 200.000. Dollar, Euro, Franken sind egal. Überweise das Geld auf dieses Konto. Du hast 15 Minuten Zeit. Und vergesse irgendwas anderes. Du wirst dann n i e das Gegenmittel bekommen."

Jennifer, die auch Handschuhe trägt, gibt ihm eine Karte mit der Kontonummer und sein Smartphone, das auf dem Schreibtisch im Zimmer lag.
"Was seit Ihr den für ein Pärchen. Wohl auch Jaenette ein Fake. Ich habe wohl 100.000, vielleicht auch 150.000. Keine 200.000", versucht verzweifelt Dieter Most seine Lage zu beschreiben.
"Wir sind hier nicht auf dem Basar und Deine Lage sehe ich als total beschissen an. Fünf Minuten dann sind wir hier weg!"
"Und wenn es gar kein Gift war?"
"Glaub was du willst, dann ist das Geld eben für einen guten Zweck!"
"Einverstanden überweise Sfr 150.000!"
Jana und Jennifer können sich das Lachen kaum verkneifen. Es ist für einen guten Zweck.
"Hast du die Fotos gemacht? Sende sie auf sein Handy." Dann nimmt sie aus der Zimmerbar eine Rotweinflasche und schenkt ein zwei Glas halbvoll ein. "Wir wollen doch auf das Geschäft anstoßen Dieter, oder?"

Nachdem die Zahlung per Onlinebuchung erfolgte prüft Jennifer den Geldeingang.
"Okay, dann prost, Dieter!"
Der Arzt nimmt das Glas. Schaut "Jaenette" an und trinkt hastig den Wein. Für Dieter Most war das die letzte Erinnerung. Die Ko-Tropfen setzen ihn für Stunden außer jeder Besinnung. Dann geht es schnell. Jana und Jennifer nehmen dem Mann die Handschellen ab. Dann drückt Jana auf den Hemdkragen des Arztes ganz fest einen Abdruck ihrer zuvor nochmal neu angelegten roten Lippen.

"Perfekt mein Schatz. Mehr geht nicht. Spaß und 150.000. Ja war wohl ein Schwarzgeldkonto mit 100.000 sfr und den Rest von 50.000 Euro wohl vom Praxis-Sammelkonto. Ist doch egal."
"Geld stinkt nicht." Sie nimmt ein Foto aus der Handtasche und streicht einen jungen Mann mit Ihrem roten Lippenstift durch.
Die Zimmerkarten, die als Schlüssel dienen legen sie auf den Schreibtisch.
Dann gehen sie in Abstand von drei Minuten aus dem Zimmer. Fahren getrennt hinab und verlassen das Hotel mit den vorher im Fahrstuhl abgenommenen Perücken.
Um den Hals einen geschlungenen Schal und eine Kopfbedeckung. Getrennt treten sie den Heimweg an.

...--...

Tom Busch liest es mehrfach.

Er ist begeistert.
Das Buch ist kein Sensationsjournalismus.
Es beschreibt keine blutüberströmten
Leichen.
Es gibt Antworten auf die Taten, die Opfer.
Die Motive.
Tom wählt seinen Cover-Favoriten.
Korrigiert den Klappendeckeltext und sendet
alles per E-Mail an Sonja Halbach.

Sonja Halbach sitzt auf einer Bank und
schaut auf die Hafenanlage in Ponto Delgado.
Einige der einheitlich blauweissen Fischkutter
laufen ein.
Ein herrlicher Anblick.
Die tieffliegenden Seemöwen haben
Hochsaison.

Das Innere von Sao Miguel ist ein grünes
Farbenmeer.
Grüne Hänge. Grüne Täler. Eine bestechende
Faszination einer ruhigen Landschaft.
Unterbrochen durch die Seenplatte um den
Krater von *Sete Cidades*, was soviel bedeutet
wie Sieben Städte.
Bei Furnas treten heiße Schwefelquellen aus
dem Erdmassiv.
An den Straßen und Wegen bestimmen riesige
Hortensien Büsche das Landschaftsbild.
Unterbrochen von den grünen Teefeldern.

23

Hamilton

Der Blick von James Wodridge entfernt sich von Sahra Grant.

Er erstarrt. Verstummt.
Ergreift nacheinander jeden der vier Haarzöpfe.
Langsam gleitet seine Hand über das seidene Haar der Zöpfe.
Der Moment wird für ihn groß.
„Es gibt doch Sachen, die man tun muß, damit die Welt gerechter wird."

James Wodrigde zieht einen Vorhang auf, der eine Wand voller Fotos freilegt.
Schwarz-weiss Aufnahmen. Farbfotos.
Sämtlich junge Frauen in allen täglichen Situationen.
Auf der Straße, in einem Auto.
In einer Sitzgruppe, an der Theke einer Bar, am Meer, vor einem Club, bei der Gartenarbeit, bei einer Ampelanlage, im Park, an einem See.

„Du darfst dir eine Frau aussuchen. Ich
bringe sie dir."
Sahra Grant glaubt nicht, was sie hört.

Der Mann wird ihr immer unheimlicher.
Immer perverser werden seine Absichten.

„Was hast du mit der ausgesuchten Frau
dann vor?"
„Ich werde sie erlösen. Befreien von den
Lastern. Schau was hältst du von dieser?"
Der Mann nimmt das Foto von der Wand und
gibt es Sahra. Dann nimmt er zwei weitere
Fotos von der Wand. Sämtlich junge Frauen
mit langen blonden Haaren.

Sahra läßt sich auf das Spiel ein.
„Welche der Frauen gefällt dir am besten?"
Dann spricht sie leise weiter.
„Was macht dich am meisten geil. Die Frau
nimmst du dir."
James schaut Sahra plötzlich ernst an.
Er wird laut.
„Du hast nichts begriffen. Frauen machen
mich nicht geil. Geil macht mich, wenn sie
leiden. Hilflos sind."

„Nein James, Liebe ist stärker als der Tod.
Diese Frauen leben weiter im Herzen der
Menschen ihres Umfeldes. Ihrer Mütter und
Väter, ihre Geschwister, Freunde, Männer,
Kinder."
Sahra provoziert den Mann bewusst.

James Wodridge heftet zwei Fotos an die
Bilderwand.
Ein Foto faltet er und steckt es in seine
Hosentasche.
Er verlässt das Haus und fährt mit seinem
Lieferwagen in die Nähe von *Astwood Park*.
Dann biegt er in die Warwickshire Road.
In einem kleinen Abstand von der Anlage
CLAIRFONT GUEST APARTMENTS parkt er
den Lieferwagen.
Er hat das Haus vor einiger Zeit mehrere Tage
beobachtet.
Fotos von Jana Zobel gemacht. Die blonden
langen Haare der jungen Frau haben es ihm
angetan.

Ja, das nächste ausgesuchte Opfer wird seine
Sammlung vollkommenen.
James Wodrigde wartet etwa eine halbe
Stunde.
Dann sieht er, wie Jana Zobel in ihrer
Jogging-Kleidung an seinem Auto vorbeiläuft.
Freundlich grüßt ihn die Frau.
Jana macht wenig später einige
Dehnübungen und geht dann schnell ins
Haus.
James Woodrigde hat den Lieferwagen nicht
verlassen. Er startet den Motor und fährt
langsam davon. Jana hat sich hinter einem
Fenstervorhang verborgen gehalten.
Es gelingt ihr das Nummer-Kennzeichen des
Fahrzeuges zu erkennen: 125455.

24

„**W**ir kommen nicht voran!"

Die Aussage von Chief-Inspector John Williams teilt die besorgte Öffentlichkeit.
Der mit den Ermittlungen beauftragte führende Beamte steht stark unter Druck.
Seit Jahren führt ein Massenmörder sein Unwesen auf der Insel.

Die Zeitungen, alle Medien haben den Fall große Teile ihrer Auflagen gewidmet.
Die Sender führen Interviews. Auch und gerade mit Tom Grant.

„Uns fehlt der KOMMISSAR ZUFALL," lässt Detectiv Ryan Shaw keinen Zweifel.
Sie stecken in einer Sackgasse.
Bei der letzten Sitzung der Behörde wurde ein Einsatz eines Lockvogels erörtert.
Heikle Diskussionen folgten Argumenten.
Bis in die Nacht hinein.
Einig sind alle sich in der Annahme, dass ein mögliches weiteres Opfer eine Blondine sein könnte.

Dann platzt in die morgendliche
Einsatzplanung eine schreckliche Nachricht.

„Wir habe eine neue Leiche!"
„Was?. Scheiße. Scheiße!"
„Sahra Grant?"
„Nein. Sie wurde noch nicht identifiziert. Kein
Ausweis, Kein Handy."
„Gibt es gleichartige Merkmale?"
„Ja, sie wurde in einem weißen Kleid abgelegt.
Auffallend ist, dass der Zopf nicht
abgeschnitten wurde. Die Frau trug eine
dunkelblonde Perücke."

Die Polizisten riegeln den *Victoria Park* in
Hamilton ab.
Auffallend wieder der Ablageort der Leiche.
Ein Pflanzenbeet mit einer 6-teiligen
fliegenden Vogelformation. In der Nähe ein
gepflasterter Weg mit drei Bänken.
Die weiß gekleidete Leiche weist einen roten
Blutfleck auf.

„Sie wurde erstochen. Tatzeit gestern Nacht."
„Die junge Frau, 1.72 groß, hatte unter dem
Kleid nichts an. Sie muss gepeinigt,
geschlagen worden sein. Stumpfe Gewalt.
Hämatome weisen darauf hin."
„Wurde sie vergewaltigt?"
„Ich denke nein. Sperma Spuren wurden
nicht gefunden."
„Das passt zu unserem Serienmörder."

„Das kann ein Zeichen sein," stellt Sharon
Aston klar. Der Mann sammelt die Haarzopfe
als Trophäen seiner Taten. Er wollte nicht das
Perücken Haar."
„Aber sie ist nicht blond," wirft Detective
Shaw ein.
„Dann geht es mit der 6-teiligen
Vogelskulptur auf. Ja, das ist ein Zeichen. Er
will uns sagen: sechs Frauen werden sterben.
Also noch eine Frau. Es geht weiter."

Chief-Inspector John William bekommt einen
Umschlag. Ein weißer Zettel, spuren gesichert
verhüllt. Ist das eine ernste Spur?
„Hier, dieser Zettel wurde in unserem
Briefkasten geworfen."
Er reicht den Umschlag an Detective Shaw.
„Ein Auto-Kennzeichen. 125455. Ganz klar.
Ein BERMUDA Kennzeichen."

Sofort wird eine Halter abfrage gemacht.
Der Wagen gehört einer Sanitärfirma. Schnell
wird festgestellt, dass dort mehrere weiße
Transporter im Einsatz sind.
Zwei Polizeiwagen fahren zum Firmensitz in
der FRONT STREET.

Den verdutzten Angestellten im Büro werden
die normalen Fragen gestellt. Alles reine
Routine. Sie gehen einem Hinweis nach. Es
geht um den Wagen 125455.
„Haben sie ein Einsatzplan?"

„Wer hat den Wagen in den letzten drei Tagen gefahren?"
„Dürfen ihre Fahrer den Wagen nach Feierabend auch privat nutzen?"

Die Polizisten machen ihre Notizen.
125455 fährt James Wodrigde. Seit 8 Jahren in der Firma. Hat den Wagen gestern nicht zurückgebracht. Gab an eine Panne gehabt zu haben. Heute wieder mit dem Wagen im Einsatz.

Detective Ryan Shwan erkennt sofort mögliche Zusammenhänge.
„James Wodrigde. Ich will sofort alles über den Mann wissen. Stellt ihn auf den Kopf. Und alles heißt alles. Und sofort heißt sofort!"

Sämtliche Polizeiwagen sind im Einsatz mit der Suche nach 125455.
„Chef, Treffer. Der Wagen steht an der *Cathedral of the Most Holy Trinity.*"

Ryan Shaw wird bei dem Einsatz von den Sergeants Joe Morgan und Jonathan Bullock begleitet.
Zwei weitere Polizeiwagen fahren jeweils zu den angrenzenden Aus- und Eingängen sowie Nebentüren der Kirche.

James Wodrigde kniet vor dem Hauptaltar und betet.

Die Detective, in Zivil gekleidet, geht den
mittleren Gang, der beidseitig mit den
braunen Holzbänken gesäumt sind.
Die beiden Sergeants nehmen jeweils den Weg
unter den mächtigen Kaskaden, die von vielen
Doppelsäulen getragen werden, entlang.

Ryan Shaw setzt sich linkerseits auf die dritte
vordere Bankreihe.
Es herrscht eine gespenstische Ruhe.
Oberhalb dem Hauptaltar ist die Figur Jesus.
Er breitet die Arme aus. Dahinter, unterhalb
von drei schmalen sehr langen
Bleiverglasungen, jeweils sieben Monumente.

Ist der betende Mann der Frauenmörder?
Der Inspector wartet.
Wenige Minuten später erhebt sich James
Wodrigde. Dreht sich langsam um und geht
einige Schritte, nur einen Meter entfernt noch
von dem Inspector. Er nickt freundlich. Geht
weiter zum Haupteingang zurück.
James Ryan folgt ihm in einiger Entfernung.

Im Bereich des Holzkorridors am Eingang
erfolgt der Zugriff.
Zwei Polizisten stehen am Eingang. Die
beiden Sergeants kommen von der Seite und
der Detective geht an den mutmaßlich
Verdächtigen heran.
„James Wodrigde?"
„Ja."

„Wir bitten sie zu einer Befragung mitzukommen."
„Ich bin im Kundendienst."
„Das muss warten. Dauert nicht lange. Es geht um eine Zeugenbefragung."

Vor dem Headquarter hat sich bereits ein Menschenauflauf angesammelt.
Fotografen. Presse. Kameras klicken um die Wette.
Der Chief-Inspector ist ausser sich. Es war nicht zu verhindern. Zu groß war das Interesse der Öffentlichkeit. Und die äußerte sich lauthals.
„Bringt das Schwein um!"

James Wodrigde hat sein Gesicht mit einem Schal verborgen.
„Leute, es gilt die Unschuldsvermutung. Es geht hier um eine Zeugenbefragung. Nicht mehr, aber auch nicht weniger."
Die Menge konnte er nicht beruhigen.
„Mörder. Mörder!"
Rufen die anwesenden Frauen.

Der weiße Transporter wird von der Kriminaltechnik untersucht.
Akribisch werden Blutspuren gesucht.

Am folgenden Tag

25

„**W**enn man nicht weiß wer man ist, hat man aufgehört zu existieren."

Christa Kleinschmidt ist wie an jedem Tag auch heute im Krankenhaus bei ihrem Vater. Sie hat einen grünen Umhang anziehen müssen. Ihr Vater liegt noch im Koma.
„Wie lange hält der Zustand an?"
„Das ist schwer zu sagen."
„Und die Folgen der Amnesie?"
„Es kann besser werden."

Christa Kleinschmidt ist fest entschlossen ihren Vater nach Wien zurückzuholen.
„Wann wird er transportfähig sein," fragt Sie den Chefarzt.
„Bitte verstehen sie....."
„Schon klar. Verstehe. Sagen sie mir die Wahrheit. Hat mein Vater eine Chance?"

Der Ausdruck des Chefarztes sagt alles aus.
„Bleiben sie bei ihm. Halten seine Hand. Sprechen zu ihm. Es wird ihm helfen. Er kämpft."

Christa Kleinschmidt hatte das ohnehin vor.
Gut, die Bestätigung des Arztes zu haben.

„Vater, du schaffst das. Du bist in guten
Händen. Du bist nicht alleine. Du wirst
gebraucht. Ich liebe dich."
Worte sind das eine. Ihr starkes Gefühl ist bei
ihrem Vater. Das wird er spüren.

Jana Zobel hat in den TV-Nachrichten von
den Ermittlungen gegen James Wodridge
erfahren. Sie fasste allen Mut und brachte mit
dem Fahrzeug-Kennzeichen die Polizei auf die
Spur.
Trotzdem macht sie sich Vorwürfe. Hätte sie
doch schon früher das Kennzeichen notiert.
Es war der Wagen, der schon mehrmals in
ihrer Straße parkte.
Es hätten ein oder zwei Morde vermieden
werden können. Nein. Hätte. Das jetzt zählt.
Und das ist wichtig.
Unvorstellbar. Auf den BERMUDA treibt ein
Massenmörder sein Unwesen.
Und sie sollte das nächste Opfer werden.

Die blonde Perücke wickelt sie in
Zeitungspapier ein und legt sie in einen
Abfallcontainer. In ihrer Wohnung
angekommen färbt sie ihre kurzen Haare
schwarz.

Ihre Gedanken sind nun bei Bernd.
Warum ist er nicht zum Treffpunkt

gekommen?

Sie hatten sich am neuen Liegeplatz für das Dingi verabredet.
Was kann passiert sein?
Telefonieren können sie nicht mehr.
Sie setzt sich ein weißes Base Cape auf. Geht einige Hundert Meter, um ein Taxi zu winken.

Roy Hammond ist als Taxifahrer bestens informiert.
Die Leute erzählen ihm alles so wie bei einem Friseur. Ja, er ist der Friseur auf Rädern.
Den Überfall auf den älteren Touristen aus Österreich hat er von der Frau aus dem Servicebüro erfahren.
Die ordert öfters ein Taxi.

„So sieht man sich wieder," spricht Roy Diana Fuchs an. Er lächelt dabei und öffnet ihr die Tür zum Einsteigen.
„In meiner Herzkammer ist heute nicht Tag der offenen Tür!" Roy überhört das.
„Wo soll es hingehen?"
„*Hamilton Prinzess & Beach Club.*"
„Ist ein Freund von dir dort untergekommen?"
„Fahr einfach dort hin."
„Falls du deinen Freund besuchen solltest würde ich eher zum KING EDWARD fahren."
„Das ist doch das Krankenhaus!"

Roy erklärt Diana den Zusammenhang.
„Das kann doch nicht sein."

„Doch, leider. Kann ich was für dich tun?"
„Ja, fahr da hin."

„Warte hier bitte," weist Jana den Taxifahrer an und läuft schnell zum Haupteingang des Krankenhauses.
Am Empfang fragt sie nach Bernd Kleinschmidt.
Der Begriff der ihr genannten Station lässt Schlimmes vermuten.

In dem großen Krankenhaus sich zu orientieren ist sehr schweißtreibend. Auf den Fahrstuhl zu warten nervt sie. Sie schaut auf den Aushang der Stationen. Sucht das Treppenhaus und läuft die Stufen zu Fuß.
Auf der Station angekommen sieht sie einen langen Flur. Links oder Rechts. Scheiße. Jana fragt eine ihr entgegenkommende Schwester.
„Der Österreicher? Da vorne. Dritte Zimmer auf der linken Seite. Aber sie dürfen da nicht hineingehen."

„Oh mein Gott. Bernd."
Jana erstarrt.
Sieht den Mann in dem Krankenbett liegen.
Nein. Das ist nicht Bernd. Doch. Doch Jana.
Das am Bettrand eine junge Frau sitzt, nimmt sie nur am Rande wahr.

Die Tochter von Bernd sieht, dass noch jemand zu Besuch gekommen ist.

„Diana?"
„Sind sie Diana?"
„Sie sind die Tochter, stimmt`s. Bernd hat viel von Ihnen erzählt."
Jana will der Östereicherin die Hand reichen.
„Gehen sie bitte. Wenn es hier nicht so ein trauriger Anlass.........."
„Dann würden sie die Polizei rufen?"
„Das macht ihren Vater nicht gesund. Lassen sie uns doch beide ihm Kraft geben."
Jana tritt näher an Christa Kleinschmidt heran. Die Frau reicht ihr die Hand.
„Sie haben recht. Mein Vater liebt sie. Liebe ist stärker als der Tod."
„Ich vergebe ihnen. Egal was sie getan haben. Wenn mein Vater es akzeptiert hat. Sich für ein Leben mit Ihnen entschieden hat."
„Ich heiße Christa."
„Diana!" Fast hätte sie Jana gesagt.
„Trotzdem sollten sie jetzt gehen. Die Polizei taucht hier auch manchmal auf. Ich denke, besser so für sie."

„Sehen wir uns nochmal?"
„Gerne. Ich bin auf seinem Zimmer untergekommen."
„Können sie, kannst du morgen früh gegen 10 Uhr am Hotel sein?"
„Kein Problem, ich habe nichts vor. Bis dann."
Noch eine Weile halten sie ihre Hände fest und senden Bernd Kraft und Liebe.

26

Headquarter BERMUDA-Police

James Wodrigde blickt auf den Tisch.

Detective Ryan Shaw legt ruhig ein Foto nach dem anderen auf den Tisch.
Schiebt sie dem Mann, der gelassen auf dem Stuhl sitzt, entgegen.
Fotos von Überwachungskameras, die einen weißen Transporter zeigen. Auf zwei Fotos ist das Gesicht von James Wodrigde zu sehen.
„Die Orte der Aufnahmen haben alle eine Gemeinsamkeit."

Der Detective blickt den ruhig vor ihm sitzenden Mann an.
„Sie werden es mir bestimmt sagen."
„Es ist in der Nähe von den Parks, wo wir Frauenleichen gefunden haben.
Leichenfundorte. Herr Wodrigde
Wie aufgebahrt hingelegte Frauen.
In weißen Kleidern."
Der Detective legt zu jedem der Fahrzeugfotos ein Foto der ermordeten Frauen.

Er nennt bei jedem Foto die Namen der
Frauen.

„Wie gesagt Herr Wodridge, sie werden als
Zeuge befragt."
Der Chief-Inspector belehrt den Mann über
seine Rechte.
„Sie brauchen nicht zu aussagen, wenn es sie
belastet.
„Kennen sie diese Frauen?"
Der Detective beginnt die Befragung.
Alle Ermittler sind sich im Klaren: Es wird
schwer. Spuren wurden im Fahrzeug nicht
gefunden.
An der Kleidung der Toten auch nicht.

Der mutmaßliche Mörder sagt bisher kein
Wort.
Ryan Shaw nimmt die Fotos und nennt zu
jedem ein Datum.
„An allen diesen Tagen wurde der Lieferwagen
von Ihnen gefahren. Nicht zurückgebracht,
wie das üblich ist in Ihrem Unternehmen."

Der Detective legt zwei weitere Fotos auf den
Tisch. Es zeigt den Wagen in der Nähe des
Hauses der Grants.
„Nichts sagen ist wie eine Lüge Herr
Wodrigde."
„Darf man als freier Bürger nicht mit dem
Auto unterwegs sein? Ist es verboten zu
einem Park zu fahren?"

„Oh, sie können doch sprechen. Kein Problem Herr Wodrigde. Wenn sie nicht reden muss ich sie hier behalten. Vorläufig festnehmen. Es besteht dringender Tatverdacht. Es gibt noch viele Fragen. Für ihre Wohnung beantrage ich einen Durchsuchungsbeschluss."

„Was wollen sie von mir?"
„Die Wahrheit! Lügen sind immer komplizierter als die Wahrheit."
„Wir werden was finden, Wodrigde. Es gibt nicht den perfekten Mord. Alle machen Fehler. Sie auch!"

Ein Polizist kommt hinzu und bringt James Wodridge in einen Raum im Erdgeschoss. Allen, in den Ermittlungen involvierten Beamten, merkt man die physische Anspannung an. 72 Stunden. So lange können sie James Wodridge festhalten. Der Staatanwalt bereitet einen Haftbefehl vor. Drei Tage. Und 10 Stunden sind schon weg. Alle wissen, eine Frau wird noch vermisst. Sahra Grant. Ist sie auch schon tot?
Wenn James Wodrigde der Täter ist, hat er sie noch in seiner Gewalt?
Wo ist Sahra Grant?

Zur gleichen Zeit

Sahra Grant trinkt von den letzten Resten
des Wasservorrats.

Seit Stunden erwartet sie die Rückkehr von
James Wodrigde.
Ihre Gedanken sind bei Ihrem Mann.
Wie geht es weiter?
Die Morde sind das größte Grauen der
Menschlichkeit.

Der Serientäter demonstriert seine Macht.
Seinen Vorsprung.
Was hat nur den Mann angetrieben zu einem
Monster zu motieren? Er hat den Frauen
Mittel eingeflößt. Betäubende Substanzen in
Getränke gemischt.
Lediglich sexueller Missbrauch fand nicht
statt.

Wer nach innen schaut, sieht die Dinge wie
sie wirklich sind.
Erwacht im Draußen.
Sahra sucht. Sie sucht eine Antwort.

Etwas später

„**W**ir müssen Sahra Grant finden. Wodrigde wird dazu nicht aussagen."

„Ja, er führt uns an der Nase herum."
„Wir haben keinen Ansatzpunkt."
„Doch. Es gibt einen Hinweis!"
„Der Lieferwagen. Wir müssen weitere Videos auswerten. Und das Fahrtenbuch des Wagens."
„Gibt es schon Ergebnisse, wo sein Handy eingeloggt war?"
„Ist in Arbeit, Chief."
„Ich will, daß von dem Kerl das ganze Leben umgedeht wird. Jeder Kontakt. Jedes Detail."
„Der Mörder gibt Indizien für sein Tatmotiv!"
James Wodrigde wird in einen Wartebereich gebracht.
Ein Polizist steht mit einigen Metern Abstand.
Ein Weiterer steht vor der Tür des Raumes.

„Ich bestehe auf mein Schweigerecht."
„Schweigen hilft ihnen nicht weiter. Sie sind als Verdächtiger hier. Reden Sie. Reden sie, wenn sie unschuldig sind."
James Wodrigde hat sich bisher nicht zu den Tatvorwürfen geäußert.
Gibt sich ganz cool. „Ich muss nicht meine Unschuld beweisen. Sie müssen meine Schuld beweisen."
„Geben sie doch eine einfache Antwort. Morgen werden sie dem Haftrichter vorgeführt."

27

Bremerhaven

Den *KAISERHAFEN* zu finden ist eine planerische Herausforderung für Tobias Stern.
Noch mehr die urige Kneipe.
Die letzte Kneipe vor New York!
Das Restaurant *TREFFPUNKT KAISER-HAFEN* ist stets die kulinarische Anlegestelle von Skipper Uwe Behrens.

Der Privatdetektiv geht eine alte Bananenpier entlang. Hier liegt das Szenelokal.
Sieht den Eingang mit dem blauweißen Hinweisschild: *MS KAISERHAFEN.*

Der Skipper der SY BELANDO steht an der Theke.
„Uwe Behrens?"
„Wer will das wissen?"
„Stern, Tobias Stern. Privatdetektiv."
"Also Schnüffler!"
„Jeder sieht, was er sehen will."

„Um was geht`s?"
„Um die SY BELANDO."
„Wir sind für die nächste Tour voll!"
„Es geht um eine frühere."
Tobias Stern legt zwei Fotos auf die Theke.

„Kenn ich nicht. Wer soll das sein?"
„Das sind die Zobel Töchter. Gesucht wegen mehrfacher Morde."
„Und?"
Tobias Stern bestellt zwei halbe Bier und zwei Körner dazu.
„Waren die bei Ihnen an Bord?"

Der bärtige Skipper schaut sich die Fotos nochmal an. Tobias Stern sieht in tief in die Augen.
„Unterlassene Hilfeleistung bei der Aufklärung von Verbrechen ist eine Straftat."
Uwe Behrens bricht in ein lautes Lachen aus. Straftat. Er hat zwei Männer umbringen müssen. Diese Zobel.
„Also, ja.!"
„Geht doch!"

„Die eine ist über Bord gegangen. Ich glaube wohl die Jennifer. Die andere, die Jana ist auf den BERMUDA ausgestiegen."
Tobias Stern macht sich Notizen.
„Bermuda`s gibts viele. Auf welcher der Inseln?"
„Auf der wo der Flughafen ist."

„Das Biest ist mit meinem Dinghi und meinem Gewehr davon!"
Tobias Stern klopft den Skipper auf die Schulter.
„War doch bestimmt im Preis mit drin."
Er bezahlt die Zeche.
„Danke für die Informationen, bist eingeladen!"
„Aber nicht`s geht zu den Bullen!"
„Hallo, ich werde von meinem Auftraggeber bezahlt und nicht von den Bullen."

Tobias Stern geht zu seinem Auto. Noch vor der Weiterfahrt ruft er Thomas Jordan an.
„Haben sie den Verstand verloren, doch nicht am Telefon. Tun sie endlich das wofür ich sie bezahle!"
"Gibt Neuigkeiten. Game over. Die eine Zobel ist tot. Die andere auf den BERMUDA."
„Kommen sie morgen in meine Wohnung. Mittags. 12 Uhr!"
Tobias Stern reibt sich die Hände. Zahltag.
Dann ruft er seinen früheren Kollegen HK Berger an. „Ich weiss wo die Zobel`s sind."
„Tobias Stern, du alte Rakete."
„MOMMSEN-ECK?"
„Morgen 15 Uhr!"
Von Bremerhaven über Bremen nach Berlin. 460 Kilometer auf der A 24. Eine Nacht noch schlafen. Dann ist der Zahltag.

Am kommenden Tag

Tobias Stern hat in Nacht nur wenig
geschlafen.
Ständig wachte er auf. Fand nur schwer
wieder zum Einschlafen.
Gegen neun Uhr springt er unter die Dusche.
Eine kleine Dusche mit einem Vorhang, der
nur noch von wenigen Klammern gehalten
wird. Seine kleine Junggesellenwohnung ist
kein Vorzeigeobjekt.
Für Damenbesuch absolut ungeeignet.
Er bereitet sich einen Kaffee zu.
Er trinkt ihn schwarz. Ohne Zucker.
Schmiert sich Marmelade aus einem offen
stehenden Glas auf eine Scheibe Toastbrot.

Thomas Jordan geht an seinen Safe.
Nimmt von den vielen Geldbündeln zwei
heraus. Sortiert die 1000Sender Scheine und
packt 10.000 Euro in einen weißen Umschlag.
Entsichert die im Safe liegende Pistole. Und
legt beides wieder zurück in den Safe. Der
Anruf am gestrigen Tag von seinem
eingesetzten Detektiv überraschte ihn. Mehr
noch die Aussagen. Eine Zobel ist tot. Die
andere auf den BERMUDA.
Wie hat Tobias Stern das ermitteln können.
Egal. Wenn es stimmt, ein Fortschritt.

Tobias Stern schaut auf die Uhr.
Er plant eine Stunde Fahrzeit ein. Berlin.
Mittag. Ein Höllenritt durch die Straßen.

Gegen 12 Uhr trifft er in der noblen
Wohngegend ein.
Die Wohnung von Jordan liegt in *Grunewald*
nahe *Roseneck*. Einem renommierten
Stadtteil von Berlin mit großem
Erholungswert durch naheliegende Seen und
Parkflächen. Die City West und der
Kurfürstendamm sind in wenigen Minuten zu
erreichen. Die 6-Zimmer-Wohnung verfügt
über 2 Badezimmer, 2 Schlafzimmer, einen
Kamin, einem mehrteiligen offenen
Wohnbereich, einer Terrasse.
In der Tiefgarage stehen Jordan zwei
Stellplätze zur Verfügung.
Neben einem großen Arbeitsbereich hat
Jordan ein Zimmer, das ein Galerie mit
Gemälden beherbergt.
Alte, neue Werke. Bekannte, auch
unbekannte Maler.
Die insgesamt 225 qm große Wohnung ist
sehr modern eingerichtet.
Jordan liebt eine gute Küche. Und so ist diese
offen Einsichtbar dem Wohnbereich
angegliedert.

Sein Privatfahrzeug, ein *PORSCHE 911*,
knallrot steht in der Garage.
Daneben der Dienstwagen. Der *MERCEDES S
500* hat das typische Kennzeichen. Beginnend
mit einer BD 12.
Die 12 steht für das Wirtschaftsministerium.

Dann die weiteren Zahlen für die
Statusposition.

Tobias Stern kommt an der *Hagenstraße*,
vorbei. Ecke Teplitzer Straße steht das
palastartige, dreieckige Botschaftsgebäude
des *Emirats Katar*. Es wurde von 2000 bis
2004 für rund 18 Millionen Euro gebaut und
glänzt mit seiner Fassade aus
abgeschliffenem spanischem Granit wie eine
Burg aus grauem Marmor.
Katar zählt zu den zehn reichsten Ländern
der Welt. Man sieht es.
Er biegt in die Strasse von Jordans Wohnung
ein und parkt sein Auto unter einem
schattenspendenden Baum.
Thomas Jordan empfängt den Detektiv am
Hauseingang.
"Kommen Stern, wir nehmen diesen Weg."

Nach einem Sicherheitskorridor folgt eine
zweite Brandtür.
Danach ist der Fahrstuhl zu sehen.
Jordan stellt auf 6. Etage. "Hier kann man es
aushalten!" Tobias Stern stellt gleich klar,
was er will. Jordan geht zu einer
Schrankwand. Drückt auf einen Knopf. Eine
Holzwand mit einem Spiegel senkt sich. Der
Einbausafe in der Wand wird sichtbar. Der
Safe ist mit Gesichtserkennung ausgestattet.

„Hier, machen wir es kurz."

Jordan gibt dem Detektiv den weißen
Umschlag. Stern nimmt den Umschlag, öffnet
ihn und nimmt den Geldstapel heraus.
„Oh, Tausender. Nicht schlecht. Auch
gewaschen oder noch ....?"
Der Detektiv ist von den vielen Geldern so
elektrisiert, dass er im Safe liegen sieht.
Nimmt seine Pistole aus dem Schulterhalfter
und richtet sie auf Thomas Jordan. „Was soll
das. Sind sie verrückt?"
„Nein, lange nicht in so guter Stimmung,
mein Lieber."

„Denke, sie geben mir 200.000 Euro oder was
sonst noch an schmutzigem Geld im Safe
liegt!" Jordan geht an den Safe. Kehrt dem
Detektiv den Rücken zu. Nimmt seine
entsicherte Pistole dreht sich um. „Sie legen
die Waffe auf den Boden. Ganz langsam,
sonst puste ich Ihnen das Gehirn weg!"
Tobias Stern sieht das breite, blendende
Lächeln des korrupten Politikers. Sein Blick
erstarrt. Er legt die Pistole auf den Boden.
„Und nun?"
„Schiebe die Waffe mit dem Fuß zu mir
herüber!"

Dann sagt Thomas Jordan ganz sarkastisch:
"Es ist eine Scheiß-Welt. Man muss sich im
Leben entscheiden. Will man Nagel sein oder
Hammer. ICH oder DU. Nagel oder Hammer.
Ich habe mich für den Hammer entschieden!"

Dann geht alles sehr schnell.
Der Schuss trifft den Detektiv mitten ins Herz.
Jordan legt das Geld in den noch offen stehenden Safe zurück.

Jordan zieht sich Handschuhe an. Wischt die Waffe ab. Wickelt die Leiche in eine große Plastikplane. Am späten Abend fährt er den Mann in einen naheliegenden Wald.
Legt ihn, nur etwas von Laub und leichten Ästen bedeckt, ab.
Die Pistole des Detektiven legt er unter die Leiche.

Hauptkommissar Berger wird unruhig.
Tobias Stern ist bereits 35 Minuten überfällig.
Die Bedienung in dem, um die Zeit wenig gefüllten Restaurant, kam schon zum dritten Mal an seinen Tisch.
„Noch ein Helles?"
„Nein, zahlen bitte."
Was ist passiert.
Warum kommt Tobias Stern nicht.
HK Berger versucht ihn telefonisch zu erreichen.
"Ruf mich bitte zurück. Mache mir Sorgen!"

Irgendwas stimmt nicht an der Geschichte.

Am kommenden Tag

Hauptkommissarar Berger lässt sich die
Wohnungsanschrift von Tobias Stern auf sein
Handy senden.
Schnell fährt er in die nicht gerade vornehme
Berliner Wohngegend.
Die Wohnungstür öffnet er mit einem alten
Polizisten Trick.
Eine Kreditkarte genügt dafür.

Berger fällt in der Wohnung eines sofort auf:
hier hat einer hastig gepackt. Der Koffer liegt
auf dem Bett. Ein Rucksack. Wohl als
weiteres Handgepäckstück vorgesehen.
Der Hauptkommissar sieht sich weiter in der
Wohnung um.
Auf dem alten, voll gepackten Schreibtisch
herrscht nicht nur Unordnung.
Dort liegt auch ein Ausdruck eines Check-In.

Tobias Stern wollte also das Land verlassen.
Eine Reise? Der Job? Merkwürdig. Berger
klingelt bei einer Nachbarwohnung. Bei einer
weiteren hat er Glück. Eine Rentnerin öffnet
die Tür einen Spalt.
Der Kommissar sieht die Vorhängekette
durch den Spalt.
„Ich bin von der Polizei."
„Das kann jeder sagen." Berger zeigt den
Ausweis.
„Ohne Brille sehe ich nichts. Was wollen sie?"
„Kennen sie Herrn Stern?"

„Kennen nicht direkt, ich giesse öfters seine Blumentöpfe. Der ist oft nicht da."

„Hat er sie diesmal auch damit beauftragt?"
„Ja, nicht ganz. Diesmal war es anders. Er meinte, ich sollte die Pflanzen mit zu mir nehmen. Auch seine beiden Katzen."

„Danke, sie haben mir sehr geholfen!"
Berger geht in die Wohnung von Stern zurück.
Der Laptop steht noch aufgeklappt. Berger legt die Hand auf seine Stirn. Bedient eine Taste. Jede Menge Ordner sind eingerichtet. <u>Jordan.</u> Er drückt die Taste. Jede Menge Anhänge werden sichtbar. Was er sah, stellte ihm die Nackenhaare auf. Seine Halsschlagader pulsiert. Hat Tobias Stern jemanden erpresst? Wurde er erpresst.

Wem ist er zu gefährlich geworden.

Berger schreibt für alle Fälle auf einen Zettel eine Nachricht.
Nimmt den Laptop mit. Fährt in sein Büro und übergibt ihn Kommissar Jan Krause.

„Ich weiß nicht, was ich Glauben soll. Organisieren sie eine Handy-Ortung!"

Einige Tage später

Berlin

Das junge Pärchen macht jeden Sonntag den
10 Kilometer Lauf mit ihrem Schäferhund.
Der Havelhöhen Weg führt am Steilufer der
Havel entlang, von der Heerstraße im Norden
bis zum Strandbad Wannsee im Süden.
Rex ist meistens angeleint.
An den Verschnauf- und Trinkstellen wird er
von der Leine gelassen.

Sein Trinkgefäß interessierte den Hund heute
morgen wenig.
Er rannte in eine von Laub und Baumresten
zugedeckte, wenig einsehbare Gegend.
Schon sehr ungewöhnlich aber es kam diesen
Morgen vor.
Bei dem Rufen nach ihm gehorchte er nicht.
Herrchen ging forsch auf ihn zu.
Die Leine umgehängt.
Dann rief er nur noch "Aus!"
Und das mehrfach. Rex hatte einen leblosen
Körper gefunden.
Ein abscheulicher Anblick.
Einige Knochen waren bereits freigelegt.

Die Polizei hat den Tatort abgeschirmt.
Über die Leichenfundstelle wurde ein Zelt
gebaut.
Das Gebiet um den *Grunewaldturm* muss
heute weiträumig umwandert werden.
Die forensischen Untersuchungen des KTI des

LKA Berlin stehen im Vordergrund der Ermittlungen.

Schnell steht fest: Der Tote ist der Vermisse Tobias Stern.
„Der Fundort ist nicht der Tatort. Er wurde hierher gebracht."
„Haben wir Fahrzeugspuren?"
„Leider nicht. Es hat zwei Tage geregnet."
„Scheiße!"
„Wir müssen das Handy checken. Mit wem hat er und wo telefoniert."

Das Handy war im Wohnbereich von Thomas Jordan eingelocht.
Das Bewegungsprofil zeigte es an.
Zeitpunkt zwei Stunden vor seinem Treffpunkt mit dem Detektiv.
„Das stinkt doch!"
„Immer wieder führt ein Weg zu Jordan!"
Manchmal hasste er es, recht zu haben.

„Gibt es schon was Neues über die Waffenregistrierung-nummer von Tobias Stern?"
„Ja, es die Waffe des Detektives. Er wurde damit erschossen."

Wenig später

„**H**err Hauptkommissar. Lange nicht
gesehen."
Thomas Jordan überspielt seinen feindseligen
Geist.
„Ich hatte mal wieder ein wahnsinniges
Verlangen nach Ihnen. Wann haben Sie
zuletzt Tobias Stern gesehen?"
„Tobias Stern?" Jordan will Zeit gewinnen.
„Er arbeitet doch für sie."
„Hat gearbeitet. Ich habe vor paar Tagen die
Zusammenarbeit beendet. Sein Honorar
bezahlt."
HK Berger nennt ein Datum und eine Uhrzeit.
„Richtig. Ja, das war an dem Tag. Er kam zu
mir in die Wohnung."

„Klar, warum nicht. Sie bewahren ja größere
Summen im Safe auf."
„Was hat er für sie recherchiert?"
„Verschiedene Angelegenheiten. Sie wissen
doch. Ich werde immer noch bedroht."
HK Berger ist klar. Eine Schmauchspuren-
untersuchung anzuordnen würde ihn
lächerlich machen. Zu viele Tage waren
verstrichen. Für eine Hausdurchsuchung gibt
es keinen Anfangsverdacht.
„Wir sehen uns."
„Immer gerne, Herr Hauptkommissar."
Berger gab Jordan die Hand. Hielt sie lange
fest. Schüttelte sie aber nicht.
Jordan lachte in sich hinein.

28

Hamilton

James Wodridge schaut sich noch einmal
um, als er die Polizeistation verlässt.
Sichtlich erleichtert, wenn auch nicht gerade
vergnügt.

Die Polizei musse ihn gehen lassen.
Der Haftrichter sah keine belasteten Beweise.
Er bekam seine persönlichen Gegenstände
und auch die Fahrzeugschlüssel.
Schnell fuhr er auf direktem Wege zu seiner
Wohnung.
Wodrigde beeilte sich.
Zog seinen schwarzen Pfarrer-Anzug an.
Zupft im Spiegel seinen weißen Manschetten
kragen zurecht. Er hat jetzt schreckliche
Angst zu versagen.
Er fährt Richtung des Leuchtturms. Am Rand
einer Lichtung bleibt er kurz stehen. So wie
jedes Mal, wenn er den Berg herunterkam.
Eine Hälfte seines Wesens sehnt sich nach
Normalität. Die andere treibt ihn an.

Sahra wollte gerade ihre Lippen befeuchten,
aber ihr Mund war viel zu trocken.

Ihre Beine rieben mit einem unnatürlichen
Knirschen gegeneinander. Sie verdrehten sich
auf eine absolut nicht menschliche Art und
Weise. „Du hältst mich hier wie ein Tier.
Bereite dem endlich ein Ende!"
„Na sicher, alles was du willst, mein Engel."

Mit einem Mal hörte er ein lautes Knirschen.
Ein Auto fuhr die Kies Auffahrt entlang. Dann
kam noch ein zweites.
Wodrigde trank einen Schluck Wasser.
Nahm aus einer Tischschublade einen
Revolver.
Sahra hörte, wie er mit den Zähnen knirschte.
Wodridge fuhr mit seiner Hand durch sein
Haar.
„Du solltest an mich denken. Einer muss
doch die Welt vom Ungeziefer befreien. Von
den Gott losen Menschen. Vielleicht ist heute
mein großer Tag.
Sahra beobachtete, wie James Wodrigde
einen Finger am Abzug hält. Seufzend
schüttelt Wodrigde sich den Kopf. Seine
Hände zitterten vor Wut.
Er ging zu einem Schrank. Nahm ein kleines
Buch hervor.
„Hier, mein Tagebuch. Mein Vermächtnis!"

Wenig später

„**U**nser Gespräch hat nie stattgefunden!"
„Eleminieren!"
„Wir wollen keinen Richter!" Ein Richter
verkauft seine Urteile."
„Eine Ratte?"
„Ja, Mangel an Beweisen. Mehr als die Hälfte
der mutmaßlichen Täter wurden im Prozess
freigesprochen. Das Täterumfeld hatte wohl
immer genug Geld."
„Sie beschädigen gerade das Vertrauen in die
Justiz."
„Wir können Wodrigde nicht überführen."
„Und die Frau?"
„Wenn sie noch lebt kann sie eine Zeugin
sein."
„Ja, wenn."
„Eleminieren."

„ Ja, Chef."

29

„**E**s ist vorbei!"

„Es wird nie vorbei sein!"
Der Detective hält Sahra Grants Hand.
„Er hat gedacht, er steht über Gott!"
„Ich habe noch zu ihm gesagt: Wenn du deine Taten bereust, wird dir Gott vergeben."
Schluchzte Sahra.
„Er wollte sterben. Seinem Leben ein Ende bereiten."
„Die Waffe war eine Attrappe."

James Wodridge kam aus dem Haus.
Fasste sich an den weißen Kragen seiner Kleidung als Pfarrer. Blickte in die vermummten Gesichter des Spezialkommandos. Griff hinter sich und zog einen Revolver hervor.
Es waren gleichzeitig mehrere Salven, die ihn tödlich trafen. Der ungleiche Kampf war schnell vorüber.

Über den leblosen Körper des Massenmörders wurde eine Plane gelegt.

„Kommen sie Frau Grant. Wir fahren in das
Headquarter. Fühlen sie sich imstande einige
Auskünfte zu geben?"
„Es darf ihnen nicht zu nahe gehen."
Chief-Inspektor kam bei der Anhörung
schnell zu den wichtigen Fragen.
„Gab es einen sexuellen Übergriff?"
„Nein. Wirklich nicht!" Sahra Grant schilderte
die Zusammenhänge ihrer Entführung.
Das Martyrium in der Zeit des Gefangen
seins.
Es war das Navi.
Durch einen nicht gelöschten Fahreinsatz
wurden die Beamten aufmerksam auf das
verfallene Haus in der Nähe der
Leuchtturmanlage.
Über den ganzen Tag wurde Wodridge
observiert. Über zwanzig Beamte waren an
der Überwachung beteiligt.
Letztlich mit einem erfolgreichen Ende.

„Ich will mein altes Leben zurück!"
Sahra Grant wird von ihrem Mann abgeholt.
Vor dem Gebäude eine Horde von
Presseleuten, Fotografen, Fernsehteams.
Tom Grant hält seinen Mantel über Sahras
Kopf.
Schützt sie vor der Öffentlichkeit.
So schlimm, wie das ganze ist bietet es ihm
als Reporter Vorteile.
Seine Frau wird ihm sicher bei der Story-
Verfassung helfen.

Die Polizeibehörde läßt sich feiern.
Dem wenig verstandenen Entlassung
Zeremoniell folgte durch die gelungene
Observierung ein Ende des Schreckens.
Ein blutiges.
Manchmal sind die schuldigen Opfer.
Das ist der Bevölkerung aber völlig egal.

30

Der flehende Ton entlockte Bernds Gesicht ein Lächeln.

Christa Kleinschmidt hatte in den letzten zwei Jahren ihren Vater nie um etwas gebeten.
Ein kaltes Feuer brennt in Bernd Kleinschmidts inneren. Über fünfhundert Leben hatte er in seiner Hand.
Nun hängt sein Leben an einem seidenen Faden. „Schneid ihn durch" – Bernd will nicht kämpfen. Christa fühlt sich bleiern. Schwer. Tapfer hält sie die Hand ihres Vaters.

„Wir müssen ihren Vater noch einmal operieren." Christa packt den Arzt fest am Arm. Der Arzt weist auf die Schwachstelle hin. Christa wischt sich die unerwünschten Tränen weg. Sie blieb ruhig stehen.
Eine tiefe Sorgenfalte erschien auf ihrer Stirn.
Sie drückte ihr Gesicht an die Fensterscheibe.

Ihr Blick hält an der, vor dem Krankenhaus wartenden, Diana fest.

Sie hatten sich für heute noch einmal
verabredet.
Gibt es noch Hoffnung für Bernd?
Christas Atemgeräusch erfüllt den kleinen
Raum. Leer. Jana stößt beim Eintreten gegen
etwas Hartem. Ein Stuhl schlittert über den
Fußboden.

Die beiden Frauen liegen sich in den Armen.
Christa berichtet Bernds Freundin von der
neuen Situation.
„Verflucht!"
„Ich weiß nichts Genaues. Die Ärzte halten
sich bedeckt."
„Spielt ja auch keine Rolle. Wir können nur
warten!"
Plötzlich gehen die Lichter aus.
„Das Krankenhaus verfügt doch über
Notstromaggregat?" Vorsichtig tastend gehen
die beiden Frauen auf den Flur. Dann
huschte der Kegel eines Lichtscheins einer
Taschenlampe über sie hinweg. Wenig später
hell in ihre Gesichter.
Es dauerte einige Minuten. Dann sprang der
Generator an.
„Der Generator hätte längst früher laufen
müssen." Es war ein Geräusch, bei dessen
Klang Jana eine Gänsehaut bekam. "Alles in
Ordnung?"

Die Antwort des Arztes blieb für Sekunden
aus. Seine Stimme klang ganz gelassen.

Das war das Unglaublichste daran.
Der Arzt redete in einem sachlichen Tonfall.
Diana ballte die Fäuste.
Stemmte sich in den Boden.
Nur die Umklammerung Jana`s hielt sie
aufrecht stehen. Jana schenkte Christa ein
trauriges Lächeln. Sie öffnete noch den Mund,
wollte etwas sagen. Aber es war zu spät.

Christa öffnete leise die Tür und ging hinaus.
Sie schnappte nach Luft. Schaute in den
Nachthimmel.
Sie ist außer sich vor Schmerz.
Ihr Vater, Bernd Kleinschmidt ist fort.
Und sie in einer Stadt, wo die Leute lächeln
heller, als die Sonne scheint.
„Für die Überführung ihres Vaters nach Wien
leistet das Konsulat Hilfe!" Christa vernimmt
das nicht. Gedankenversunken verlässt sie
das Krankenhaus. Jana lässt den Kopf
hängen. Sie fühlt sich wie ein Tier im
Angesicht seines Jägers.
Ein kühler Wind erfrischte ihr Gesicht.
Trocknete ihre Tränen. Sie lehnt mit dem
Rücken an eine Wand und schaut in das
flackernde Licht einer Gaslampe.

31

Jana schließt kurz die Augen.

Was macht die Zeit, wenn sie vergeht?
Sie ist weg, verloren. Minuten, Sekunden
verrinnen.
Was bleibt? Die Erinnerungen.
Die vielen erlebten magischen Momente.
Es sind die Anker fürs Leben.
Sie spülen die Sorgen ins Meer zurück.

Jana hat ihr Zeug am Strand liegengelassen.
Weit in den leichten Wellengang schwimmt sie
vollkommen nackt hinaus.
Sie hört den Wellen zu. Nach und nach
verliert sie ihre Kraft. Sie lässt sich fallen.
Taucht fast senkrecht hinab. Ja, ja, irgendwo
dort unten ist Jennifer. Sie will mit ihrer
Schwester vereint sein.

Plötzlich packt sie ein starker Männerarm.
Zieht sie nach oben. Joaquin Alvaro sieht den
Kiel seiner MARIA STELLA.
Kurz neben dem knapp 9 mtr langen Boot
tauchen die beiden auf. Jana ist bewusstlos.
Joaquin schwimmt mit Jana im Haltegriff zu

der metallenen Leiter am Heck des Bootes
unterhalb des dort platzierten Beibootes.
Trägt sie die wenigen Sprossen hoch und
beginnt sofort mit den Rettungsgriffen. Der
Retter pumpt der jungen Frau wiederholt
seinen Atem rein. Nochmal, nochmal. Fest
drückt er die Brust. Ihr Körper ist zwischen
der Ewigkeit des Todes und der Enge des
Schmerzes.
Ausgelöscht?
Die Sekunden der Zeit fliegen dahin.

Jana`s Leben, eine erst kleine Zeitreise.
Ein Fallen in ein Nichts.
Sie sieht den Himmel, die Kraft des Lichts.
Vorbei?
Jana fühlt sich mit dem Kosmos verbunden.

Sie erlebt den Lebensstau, vermisst die
Ordnung.
Nahe dem Tod und doch ins Leben
zurückgekehrt ist ihre Reise durch den
Tunnel real.
Das Licht am Ende des Tunnels hell
leuchtend.
Ihr mehrminütig fehlendes Bewusstsein ist zu
Ende.
Jana bricht das Wasser heraus. Ihre grünen
Augen leuchten dem Retter entgegen.

Der Einhandsegler hat einen Menschen in
den Atlantik hinausschwimmen sehen.
Geistesgegenwärtig steuerte er sein Boot in
die Richtung. Als er sie nicht mehr sehen

konnte, sprang er ins Wasser und tauchte
hinab.

Joaquin trägt Jana hinunter in das
Bootsinnere der OHLSEN 29. Legt sie im Teil
des Bugs auf die Bettfläche.
Jana empfindet voller Bewusstheit die
Weiterfahrt des Seglers.
Quälende Gedanken. Sie ist hin- und
hergerissen.

Die Seele schwebt an der Decke der Kajüte.
Ihr Geist im Wachtraum gepaart von
Aufgehoben sein und gespenstischer Ruhe.
Wer ist ihr Retter? Und wie geht es jetzt
weiter in Ihrem Leben?
Sie fühlt sich nackt. Eingehüllt in zwei, sie
gut wärmenden, Decken.
Hat der Mann sie nackt gesehen? Klar.
Bestimmt.
Während dieser Gedanken kommt der Mann
an das aus blauem Stoff im Bug befindliche
großflächige Bett..
„Hier, was anderes habe ich nicht."
Er schmeißt Ihr eine Latzhose hin. Jana traut
sich gar nicht den Mann anzuschauen. Er
spricht Englisch. Okay Akzent. Kräftig ist er
ja. Okay, 60 Kilo tragen wohl auch zu
schaffen.
Dann treffen sich die Blicke der beiden.

„Übrigens, nicht wichtig, aber ich bin Joaquin
Alvaro. Nur damit sie wissen, wo es hin geht.

Ich segle nach *Puerto Rico*."
„Wir segeln," traut sich Jana zu sagen.
„Nicht wichtig, aber ich bin Jana Zobel. Hab vier Männer umgebracht. Bin auf der Flucht und sie.........!"
„Ja, Entschuldigung. Wollte Dich nicht sterben lassen. Schlage vor, du schläfst jetzt eine Runde. Dann zeige ich Dir das Schiff. Zu essen gibts heute nichts mehr. Im Kühlschrank ist Wasser."
„Sind sie Spanier?"
„Ich lebe auf *Costa Rica*. In der Nähe von *San Jose.*"
Jana hört den jungen Mann gerne zu.
„Zwischen *Puerto Rico* und *Costa Rica* liegt das *Karibische Meer.*"
„Ich bleibe an Deck. Wenn es Dir besser geht, vielleicht schon morgen kannst Du mit an Deck kommen."
„Okay Kapitän!" Komisch, denkt Jana. Der Mann hat gar nicht reagiert. Denkt er, das war ein Witz mit den vier Morden? Egal. Erstmal was trinken und dann ein Schläfchen.

Das schaukeln eines Segelbootes in den Wellen kennt Jana.
Die SY MARIA STELLA wird rund 1600 Kilometer, also rund 850 nautische Meilen zurücklegen. Es gibt Schlimmeres.

Am nächsten Morgen

„**W**ar wohl doch länger als eine Runde!"

Die morgendliche Begrüßung war kurz aber freundlich.
Jana ist es egal. Sie spürt den frischen Wind an Deck.
Joaquin gibt Jana das Datenblatt über das Segelschiff.

Es handelt sich bei dem Schiff des Hersteller WINGA BOATS um eine elegante, äußerst robuste und von sehr hoher Qualität gefertigte Segelyacht.
Besonders auffallend bei der OHLSEN 29:
1. der Mast steht auf dem Kiel und nicht auf Deck und damit ist das Schiff sehr stabil;
2. in der Plicht sitzt man sehr geschützt, hat eine genügend hohe Rückenlehne zum Anlehnen und braucht auch die Beine wegen des tiefen Plichtbodens nicht anzuwinkeln Plichtbodens nicht anzuwinkeln.
Joaquin hat das Boot, Baujahr 1973, für 12500 Dollar gekauft und ist seit drei Jahren damit auf dem Meer unterwegs.

Jana zeigt sich sehr interessiert.
Die SY MARIA STELLA ist lang 8.86 m, breit 2.71 m, Tiefgang 1.67 m. Hilfsmotor ist ein Volvo 13 PS.
Das weiße Boot hat am Heck ein blaues Verdeck. Unter Deck ist sehr viel in braunem Holz verarbeitet.

Joaquin weisst Jana eine Koje zu.
„Alles etwas klein. Aber es reicht zum Leben."

Der Mann aus *Costa Rica* ist ein wahrer
Lebenskünstler.
Hat die grenzenlose Freiheit auf dem Meer
vorgezogen und das Erbe des elterlichen
Betriebes seinem Bruder überlassen.
Fünf Jahre insgesamt hat er sich
vorgenommen auf dem Meer zu segeln. Dann,
im Alter 35, kann er sich vorstellen mit
Immobilien zu Makeln.

„Bleibst du längere Zeit auf einer Insel, wenn
du sie erreicht hast?" Jana fragt aus
bestimmten Grund.
„Ich lege die Anker meist in einer geschützten
Bucht. Mit dem Beiboot....."
Joaquin lacht. „An Land dann, sagen wir
Muskelbetrieben."
„Dann umgehst du großzügig die Meldung
beim Hafenmeister?"
„Also, war das doch kein Witz? Wirst du
gesucht?"
„Egal, dann willkommen im Team!"
„Mag`s du Fisch?"
Und Joaquin fügt hinzu. „Sonst wird es eng.
Fisch ist jeden Tag auf dem Speiseplan."
Er zeigt Jana die Angelausrüstung. Dann die
Tauchausrüstung.
„Leider hab ich alles nur einmal."
Jana hat den Kühlschrank schon inspiziert.

Joaquin hat nicht übertrieben.
Nun das Wenige für zwei.

„Du Oberschlaue hast ja alles an Land
gelassen. Geld, Papiere." Joaquin kann sich
nicht verkneifen Jana zu provozieren. „Wann
werden wir *Puerto Rico* erreichen?"
Jana wechselt das Thema.
„Der Wind steht gut. Wenn das so bleibt
brauchen wir weniger Tage."
„Warum bist du eigentlich weiter gesegelt und
nicht bei den *Bermuda* umgekehrt, um mich
an Land zu bringen. Schon mal was von Arzt,
Krankenhaus gehört?"
„Du wolltest doch sterben. Ich hätte dich über
Bord geworfen!" Jana hebt die Hand und holt
ansatzweise zu einer Ohrfeige aus.
Joaquin hält sie fest. Beide spüren ihren
Atem.
Der Herzschlag erhöht sich.
Ihre Lippen nähern sich. Jana küßt Joaquin.

„Danke," sagt sie leise zu dem
Naturburschen. Der umarmt sie. Hält sie fest.
Jana fasst Joaquin an den Hosengürtel.
Öffnet die Schnalle. Joaquin knöpft Jana das
Hemd auf. Dann geht alles sehr schnell.
„Darf ich in Naturalien bezahlen?" Jana ist
kess. „60 Kg nacktes Fleisch. Eingepackt in
zarter Haut. Frisch. Zunehmend feucht
werdend."
„Wie kann man nur so geil sein?"

„Weil es so ist!"
Joaquin legt Jana auf den schmalen Tisch in der kleinen Kombüse. Schnell dringt Joaquin in sie ein.

Jana hat ihre Beine gespreizt, die Schenkel angewinkelt dem jungen Mann hingehalten.
Die beiden bewegen sich in einem abwechselnden wilden und langsameren Rhythmus.
Jana geniesst die Begierde des jungen Mannes.
Sie weiß, er hat länger keine Frau gehabt.
Hilft ihm gekonnt seine Potenz zu halten.

Der Segler läuft wie an einer Schnur gezogen durch die Wellen des Atlantiks.
Die beiden Verliebten springen zur Abkühlung nackt ins Wasser. Dann legen sie sich nackend auf die Bänke auf dem Deck.
Jana schaut Joaquin mit einem tiefen durchdringenden Blick an.
„Kannst du nochmal?" Sie setzt sich auf Joaquin und zeigt ihre straffen Brüste. Lässt Joaquin nicht zupacken. Sie steht auf und setzt sich auf ihn, den Rücken zugewandt. Leicht hebt sie ihren Po an und verschafft Joaquin in dieser Stellung einen schnellen Zugang.

Jana vermutet das Joaquin beim zweiten Mal noch länger standhalten wird. Sie gibt sich

vollkommen hin. Wechselt mehrfach die
Stellungen.
„Du wolltest mich wirklich über Bord werfen?"
Sie nimmt seinen Gürtel.
Bindet damit Joaquin Hände auf dem Rücken
zusammen. Vollkommen der absoluten
Geilheit dieser Frau ausgeliefert erträgt
Joaquin den Liebesschmerz.
Jana ist in ihrem Element.
Immer wieder versucht sie den kleinen
Joaquin groß zu bekommen.
„Sag, wie lange hattest du keine Frau?"
Dann flüstert sie ihm ins Ohr:
„Jetzt jeden Tag!"
„Wie gesagt: Naturalien!" Sie küsst ihn.

„Ich habe als Escort-Dame gearbeitet.
Die Männer haben einen 1000sender
springen lassen."
Joaquin hat ähnliches vermutet.
Jana anstandshalber nicht mit dieser
Vermutung konfrontiert.

„Komm wir gehen unter Deck. Schlafen."
„Schon wieder?"
„Schlafen, Joaquin. Schlafen mein Held!"

Jana sieht, wie Joaquin nachdenkt.
Er rechnet. Dann sagt er laut:
"Dann hast du ja 20.000 im Monat locker
gehabt."

„Nein, das Geschäftsmodell war, die Männer vom Täter zum Opfer zu machen. 100000,-- zahlten die noch, um ihr Leben zu retten. Okay auch 150000.-- !"

„Wir haben es nur zwei Mal gemacht."
„Na ja, eigentlich dreimal. Einmal ist schiefgegangen. 200.000,-- leider futsch."
„Wir?"
„Ja, meine Schwester Jennifer und ich. Die beiden anderen Männer, die noch sterben mussten, haben den Tod von Jennifer zu verantworten. Und ein Schwein in Berlin muss noch bestraft werden!"

Jana erzählt Joaquin einige der Geschichten.
Rache, Verfolgung, Flucht.
Das BERMUDA-Szenario.
„Eigentlich bist du eine Heldin. Löst das Problem für die Polizei."
Er zieht jetzt so richtig über die Beamten her.
Korrupte Schweine. Nicht alle. Aber genug.
Ja, er hat davon selbst profitiert.

„Und du hast die Bullen auf die Spur gebracht. Die haben ihn erschossen. Geil."
„Unvorstellbar. Die Bullen mussten den Mann vorher noch frei lassen. Haben keine Beweise."
Joaquin zählt nach. Unfassbar. Die Braut hat vier Männer umgebracht. Okay, alle haben es verdient. Aber immerhin.

„Und überhaupt so. Wie viel Männer, äh, ich meine, mit wie vielen Männern hast du denn geschlafen?"

„Dein Leben braucht eine neue Struktur. Du kannst den Verlauf deines Lebens ändern!"
Jana hält Joaquin den Mund zu.
Gibt ihm einen zärtlichen Kuss. Männer?
Von den lesbischen Seitensprüngen erwähnt sie nichts.

Joaquin hat, am hölzernen Steuerrad navigierend, die Yacht in eine Bucht gefahren.
Kristallklares Wasser.
Imposantes Gebirgspanorama.
Es gibt keinen Sandstrand.
Die Wellen rollen faustgroße Steine hin und her.
Grotesk geformte Felsen ragen aus dem Meer.

Nach einer guten Stunde schlafen die beiden ein.

Unterwegs auf dem Meer

Weiter geht es Richtung des offenen Meeres.
Die Dünung wird stärker, wenn man die
Bucht verlässt.
Es ist eine Schaukelfahrt bei frischer Brise.
Das Boot scheint zu einer Nussschale zu
schrumpfen.
Joaquin hört ständig Radio. Informationen
über Schiffsverkehr. Wettermeldungen. Die
entspannten Stunden an Bord sind schnell
vergangen. „Do it your self."
Wunden und Schrammen müssen versorgt
werden. Die Bewegungen an Bord verlangen
Konzentration und eine gute Kondition.
Gleichgewicht und Reaktion.
Alleingänge an Bord haben keine Chance. Der
schlüpfrige Decks Boden birgt Stolper- und
Sturzgefahr.

„Ich liebe starke Frauen."
Joaquin grinst mit seinem Laus
Bubengesicht. Zwinkert Jana zu.
Seine Familie hat traditionell mit dem Meer
und der Seefahrt zu tun.
Er erzählt von seinem Bruder. Der fährt als
Offizier auf einem Frachtschiff.

Einige Wochen später irgendwo
auf dem Meer

Joaquin sieht Jana sich schweißgebadet in der Koje wälzen. Jeden Tag verfolgen sie Träume. Heute ist es besonders schlimm.

In ihrer Panik rennt Jennifer schreiend den Niedergang hoch.
Als das Schiff in einer Welle stark krängt verliert Jennifer den Halt.
Rutscht auf dem nassen Deck aus.
Sie fällt gegen eine Schotwinde am Cockpit Rand. Benommen erhebt sie sich, will zurück ins Schiffsinnere.
Sie stürzt die Treppe des Niederrgangs hinunter und bricht sich im Fallen das Genick.

Skipper Uwe Behrens ist fassungslos.
Er sieht ihre weit geöffneten Augen.
Große Betroffenheit bei den noch drei verbliebenen Männern an Bord.
Jana hatte geschlafen. Sie hat nichts mitbekommen. War es ein Unfall?
Wie konnte das passieren?
Die Männer beraten sich. Polizeiermittlungen?

„Die Frau gibt es doch gar nicht", sagt der eine der beiden Mann. „Warum ist die Situation aus dem Ruder gelaufen?"
Uwe Behrens mischt sich ein. „Ich habe es doch deutlich gesagt: Finger weg von den Frauen!"
„Käptn, ja Scheiße, ist nicht gut gelaufen."

Der andere Mann will ihm beistehen.
„Sah aus, als wenn sie es auch wollte. Aber das war eine Lesbe. Die stand auf Frauen."
„Also ihr wolltet das nicht. Aber ihr habt ihren Unfall zu verantworten. Die wollte vor Euch fliehen!"

Jennifer starb zweimal. Makaber.
Einmal an Land, einmal auf See.
Die Männer wickeln sie in eine Folie ein, legen sie auf ein Brett und schieben sie ins Wasser.
Die drei Männer legen die Hand jeweils aufeinander. Übereinstimmende Erklärung, wem auch immer gegenüber: in der Nacht von Bord gefallen. Bei einer Wache.
„Hast Du Jennifer gesehen," sind die ersten Worte, als sie den Skipper morgens sah.
„Nee. Die hatte Wache."
„Dann schläft sie wohl, hat sie sich verdient."

„Da sind wir ja nochmal mit einem blauen Auge davon gekommen, Käptn," lobt Jana den Chef an Bord.
Ein heftiger Sturm brachte alle an Ihre Grenzen.
Es vergehen noch Stunden.
Jana hat immer mehr ein ungutes Gefühl.
Sie fragt die beiden anderen Männer.
Niemand hat Jennifer seit Aufnahme der Wache gesehen.
Als, wenn die Dunkelheit sie verschluckt hat.

Jana schaut auf das Meer.
Hat das Meer Jennifer genommen?
Was verschweigen die Männer?
Sagt der Skipper die Wahrheit?

Sie untersucht das Schiff. Versucht es, trotz hohen Wellenganges und unter größten Schwierigkeiten.
Dann entdeckt sie Blutspuren am Cockpit Rand.
„Ihr seid doch Schweine. Was habt Ihr gemacht."
Sie geht auf den Skipper zu.
„Hast Du ein Gewehr?"
„Was?"
„Ist ein Gewehr an Bord?"
„Ja, schon, warum?"
„Hole es, aber schnell." Jana nimmt Uwe Behrens das Gewehr ab.
„Du bleibst jetzt dort stehen."
„Was ist hier los?"

Die andere Frau kommt dazu. Dann auch die beiden Männer. „Nimm Deine Hände hoch.
"Du auch!" Jana fordert die Frau auf eine Klebebandrolle zu holen.
Die Frau beginnt bei den Männern die Arme in Höhe Armgelenk und die Beine oberhalb der Knöchel zu fesseln.
„Was Soll das? Was Willst Du von uns? Es war ein Unfall. Wir können alles erklären."
„A b r e c h n e n!"

Jana hat noch zwei Giftkügelchen mit RIZIN.
Sie drückt Uwe Behrens unter Vorhaltung
der Waffe zwei an ihren Fingern steckende
Ringe in die Hand.
„Aber vorher bekommt Ihr eine Belohnung!"
Jana ist in Ihrem Element.
Sie macht den Overall auf und zeigt den
Männern Ihre Brüste.
„Ihr habt es bei der Falschen versucht."
Sie geht auf jeden einzelnen Mann zu.
Gibt jeden einen Kuss.
„Euer Käptn hat noch was Süßes für Euch."
„Nie und nimmer. Mach das selber."
„Käptn, willst du noch zum Helden werden?"
„Los. Ich zähle bis drei."
Unter Bedrohung des Gewehres blieb Uwe
Behrens keine Wahl.
„Da kommst Du nicht mit durch." „
Doch ich habe nichts getan. Du hast es
gemacht. Du hast die Beiden vergiftet."

Jana ist eiskalt. Hat alles im Griff.
„Wann sind die Beiden denn tot?", will der
Skipper wissen.
„Dann, wenn der liebe Gott sie zu sich holt."
„Kann schnell gehen oder auch langsam. So
36 Stunden. Könnnen auch 48 werden!"
Sie schaut sich das Video an.
Der Skipper ist gut getroffen, als er den
Männern das Gift verabreichte.
Jana zeigt auch der anderen Frau das Video.

Sie segeln nun zu dritt weiter.
Meistens bringen zwei Vorsegel das Schiff Raumschot voran.
Bei Raumschot fällt der scheinbare Wind „schräg von hinten kommend", seemännisch ausgedrückt: *achterlicher als querab*, ein; man bezeichnet den Wind auf Raumschotkursen auch als *Backstagsbrise*.
Der Vortrieb wird durch eine noch offenere Segelstellung und einen etwas bauchigeren Segeltrimm optimiert.

Die SY BELANDO erreicht mit der Standard Besegelung (Großsegel und Genua) bei mäßigem, halbem oder leicht achterlich einfallendem Wind Ihr Optimum, bei dem die Segel noch voll gesetzt werden können und das Boot nicht übermäßig
krängt.
Jana hat einen Plan. Sie braucht den Skipper und auch die andere Frau.
Die wird nicht auf der Barbados-Insel aussteigen.

Jana blickt Joaquin starr an. „Alles gut mein Schatz. Du hast geträumt."

Er nimmt sie liebevoll in den Arm.
Wenig später sind die Gefühle außer Plan.

Einige Jahre später

32

Wenn es das Paradies wirklich geben sollte:
hier kann es sein!

Die Karibik! Die bogenförmig angelegten
Inseln liegen im karibischen Meer.
Hier ist das zweitgrößte Riffsystem der Erde
zu finden.
Der *Pico Duarte* ist die größte Erhebung.
3098 Meter. Über 40 Millionen Menschen
leben und erleben den Traum. Die Lebensart.

Jana und Joaquin segelten viele Monate
durch die herrlichen Gewässer.
Neben *Puerto Rico* waren sie unterwegs nach
Haiti. Cuba. Jamaica.
Nahmen Kurs auf *Costa Rica*.
Jana hat ein schweres Gepäck zu tragen.
Sie will, ja sie muss es zu bringen.
Sie muss nach Deutschland.
Irgendwann. Rache ist wie ein Gericht.
Wenn es erkaltet muss es wieder aufgewärmt
werden.
Ihre vielen Träume halfen ihr dabei.

„Ich habe ihn jeden Tag gesehen. Thomas Jordan. Er bekommt seine gerechte Strafe."
Joaquin hat oft versucht Jana vor sich selbst zu schützen.
„Warum? Warum willst du dich in Gefahr bringen?"
Die Antwort immer das Gleiche.
„Dafür lebe ich!"

Joaquin`s Stimme war tröstlich.
„Du hattest Träume, Schatz. Es waren nur Träume!"
„Dieser eklige Kerl hat meine Eltern auf dem Gewissen."
„Er ist einfach ein Verbrecher."
„Dafür ist die Polizei zuständig."

Joaquin drang nicht in Jana`s Kopf. Kann sie nicht aufhalten.
„Ich brauche neue Papiere. Dabei kannst du mir helfen."
Joaquin atmete gepresst.
Hielt sie fest. Eine feste Umarmung. Wie gut sie roch. Gierig nahm er ihren Duft auf. Sie lächelte ihn bewundernd an.
„Du bis mein Held. Du schaffst das mit den Papieren. Wie findest du den Namen Yvonne Peters?"

Der Schmerz fraß sich in Joaquin`s Brust, bis er kaum noch Luft bekam.
Jana hatte sich verändert.

Er ist sich seiner Niederlage bewusst.

„Ich habe dir Jahre meines Lebens
geschenkt!"
Das Mondlicht fing sich in Jana`s
tränenüberströmten Gesicht und verlieh ihr
einen geisterhaften Glanz. Joaquin stand mit
gesenktem Kopf da. Er spricht in den
Schatten hinein. Ein Bild der Niederlage.

Plötzlich fuhr Jana blitzschnell herum und
blieb vor Joaquin stehen.
Ihr wütender Blick durchbohrte ihn wie eine
Feuerlanze. Sie konnte ihren Blick nicht von
ihm abwenden.
„Mein Leben ist m e i n   Leben."
Die Worte lassen Joaquin
zusammenschrecken. „Ich habe einen Plan!"

Joaquin nahm seinen Mut zusammen.
Das Mondlicht schimmerte auf dem dunklen
Wasser.
Er beobachtete, wie Jana langsam wieder zu
sich fand.
Der leichte Druck seiner Hände auf ihren
Körper war wie ein Versprechen.
Joaquin spricht Jana auf sein Ziel einer
Weltumsegelung an.

„Weißt du, wer die erste Weltumsegelung
gelungen ist?"
„Magellan?"
„Nein."

„Es war Juan Sebastian Elcano!"

Joaquin ist in seinem Element. Begeistert fährt er fort.
„Der Start der Mission war am 10. August 1519 in Sevilla. Der Auftrag war eine Route zu den Gewürzinseln auf der kastilischen Erdhälfte zu erschließen. Kastilien, Aragonien und Portugal hatten sich den Globus in zwei Hälften aufgeteilt.
Am 20. September 1519 stach die Flotte unter Führung des Portugiesen Magellan in See.
Nur die NAU VICTORIA, das viertkleinste Schiff schaffte es über die Route um das Kap der Guten Hoffnung nach Spanien zurück.
Am 6. Dezember 1522."

„Das war ja fast vor 500 Jahren!"

„Die Mondlandung war damals exakt geplant. Bis ins letzte Detail. Das Ergebnis der Weltumsegelung hat sich ergeben. Die Menschen hatten sich die Welt damals kleiner vorgestellt."
„Ja, und der Tag wird heute noch groß gefeiert."
Jana ist beeindruckt.
„Also, wenn du die Weltumsegelung machts kann ich doch........!"
„Und wo willst du später Leben. Arbeiten. Du weißt schon?"
„Kann mir die Balearen vorstellen!"

Joaquin überlegt kurz.
„Ibiza, Mallorca?"
„Da kommst du ja fast vorbei!"
Joaquin holt mehrere Seekarten, Landkarten hervor.
„Komm, machen wir uns an die Arbeit!"

Die Beiden planen fröhlich die Zukunft. Tagträume? Ihre Gedanken fallen in eine perfekte Illusion von Unendlichkeit.
„Wir werden dann bodenständig. Du gibst deinem Leben auch eine neue Bedeutung."
„Deine Wäsche waschen," lacht Joaquin.
„Aber mich zum Spartarif dazu."
„Spartarif ?"

„Manchmal tun gute Mädchen böses. Manchmal tun böse Mädchen Gutes!"
„He, auf den Balearen zahlt man für einen Begleitservice 1500-2000!" „Also für fallen dann........?"
„Du als Bodyguard?"
„Ja, dann bist du immer in meiner Nähe! Ich will dich nicht aus meinem Leben verlieren!" Joaquin kam in die Realität zurück. Ja. Bodyguard. Den wird Jana brauchen. „Komm, eine Abkühlung."

Die Beiden schwimmen durch die Liebeswellen an das Ufer des Glücks.

Später, im Jahr 2018

33

Puerto Limon

Joaquin Alvaro beobachtet, wie ein Container nach dem anderen auf der MSC ILONA verladen wird.

Es war für ihn ein schwerer Entschluss Jana im Jahr 2018 gehen zu lassen. Sie zu verlieren. Einer neuen, unbekannten Gefahr auszusetzen. Sein Bruder hat ihm geholfen. Immer, wenn das Frachtschiff den Hafen von *Costa Rica* anlegt ist Familientreffen.
Nur kurz.
Die Ladezeiten können genutzt werden.
Da bleiben in gut 50 Tagen jeweils knapp zwei Stunden.
Jose Alvaro fährt als 2. Offizier auf dem unter portugiesischer Flagge fahrenden 300 m langen und 40 m breiten Containerschiff.

Acht Tage braucht das Schiff bis nach Zeebrugge in Belgien.
Lange Tage.
Tage im Dunkeln.

Acht Tage in einer Container-Ecke.
In einem Verpackungsteil.
Rucksack. Wasser. Wenig Lebensmittel.
Taschenlampe.

Sechzehn Reihen gestapelter Container
nebeneinander. Und aufeinander.
Acht Tage auf dem Weg zurück nach Europa.
Tage, wo die Hoffnung zuletzt stirbt.

Das Panorama, der Horizont ist einzigartig.
Die Weite. Grenzenlos. Der Wind. Egal ob die
Sonne auf oder untergeht. Ob das Schiff im
dichten Nebel fährt. Gegen haushohe Wellen
ankämpft. Jeder Moment ist einzigartig.

Alles von dem wird Jana bei dieser Überfahrt
nicht wahrnehmen können. Nicht erleben.
Jetzt erlebt sie einen kurzen Ruck.
Der Container hat aufgesetzt. Oh, mein Gott.
War das die richtige Entscheidung?
Ja, Rache ist wie ein Gericht.
Wie eine Mahlzeit. Ist die Mahlzeit kalt wird
sie wieder aufgewärmt.
Thomas Jordan. Thomas Jordan.
Immer wieder ruft sie diesen Namen.
Er verhallt im vom Metall umgebenen kargen
Raum des vollbeladenen Containers.

Der nächste Hafen wird *Kingston* auf *Jamaica*
sein.
Und dann geht es über den Atlantik.
Jana kommen die Erinnerungen an die

Atlantiküberquerung mit der SY BELANDO.
An die Menschen an Bord. Dem ungleichen
Team. Sie denkt an die weitere Frau an Bord.
Viele Geheimnisse hat sie ihr anvertraut.

Der Schriftstellerin.
Ob die Frau ein Buch schreiben wird?
Ob die Menschen die Wahrheit jemals
erfahren werden?

Tausende Gedanken laufen in Jana`s Kopf ab.
Ihre Gehirnmasse scheint förmlich zu
zerquetschen.
Das Kleinhirn meldet sich.
Das Großhirn sagt: halte die Schnauze du
Wicht.
Ihr Zwischenhirn ist dabei wieder alles zu
regeln.
Bilder laufen ab.
Die letzten Jahre mit Joaquin.
Die tragische Zeit mit Bernd.
Halt, wir sind auch noch da.
Die Toten melden sich zu Wort. Hast du uns
vergessen?

Nach einer Weile fällt sie in einen tiefen
Schlaf.
Schweißgebadet träumt sie.
„Wir müssen sie vor sich selber schützen."
Ihr werden Handschellen angelegt. Sie wird in
einen Gerichtssaal geführt. Begleitet wird sie
von zwei weiblichen Beamten.

Der Richter in seiner schwarzen Robe betritt den vollbesetzten Raum im Gerichtssaal.
Alle Menschen erheben sich kurz und setzen sich dann wieder.
Neben ihr sitzt der sie vertretene Verteidiger.
Auf der anderen Seite die Vertreter der Staatsanwaltschaft.
Die Gerichtsschreiberin lächelt Jana nett an.
Der Richter verkündet das Urteil:
„Sie werden für schuldig befunden. Das Urteil lautet Lebenslänglich."
Dann liest er die Urteilsbegründung vor.

Jana wird wieder wach. Nimmt aus dem Rucksack ein Handtuch und wischt sich den Schweiß ab.
Und was kommt dann?
Acht Tage das gleiche?
Muss es nur oft genug wiederholt werden, damit es wahr wird?

Das Containerschiff bricht die meterhohen Wellen.
Es wird eine harte Reise.

In den wenigen Kabinen lassen es sich die mitfahrenden Reisenden gut gehen.

34

Zeebrugge

Der Hafen Zeebrugge ist nach Antwerpen
und Gent der drittgrößte Hafen in Belgien.
Dem Containerschiff wird ein Liegeplatz im
Hafen von Brügge-Seebrügge zugewiesen.
Ein Container nach dem anderen verlässt den
Ozeanriesen.

Jana hat die letzte Nacht tief und fest
geschlafen. Sie weiß jetzt wie es in einem
Gefängnis sein kann. Sie sieht parallelen.
Die Größe ihres Containers gleicht wohl eine
Zelle. Während eines Rucks biss sie sich auf
die Lippe. Sie weiß immer noch nicht. Ist sie
enttäuscht? Ist sie erleichtert?
Auf jeden Fall ist sie Joaquin dankbar.
Und seinem Bruder.
Ihre guten körperlichen Voraussetzungen
sind Teil des Plans.
Sie bewegte sich behutsam an den Rand des
Containers.

Die lange erwartete Begegnung mit dem
Ungewissen steht ihr bevor.

Der Container wird mit anderen zum
Transport vorbereitet. Dem Plan nach ist ein
Weitertransport nach Brüssel vorgesehen.
Jana prüft den Inhalt ihres Rucksackes.
Ihre Rettungsausrüstung.
Schutzhandschuhe, Seil, Plastikplane,
Taschenlampe, Helm, Messer, Klettergurt.

Sie streckte ihre Beine lang aus.
Der blaue Arbeits-Hosenanzug sitzt nicht
enganliegend. Passt genau für extreme
Belastungen.
Ja, sie erlebte Albträume.
Es kam ihr vor, als wenn ein Teil von ihr in
Koma gelegen wäre.
Jetzt kämpft sie sich ins Leben zurück.
Sie konnte sich, trotz beider Verlangen,
Joaquin nicht mehr hingeben.
Sie schwankte.
Aber da war nichts.
Joaquin schaute sie besorgt an.
Kommt noch einmal der Zauber des
Moments? Er wird ein Freund bleiben.

Jana zog die Stirn kraus. Die Container-Tür
wird geöffnet.
„Hier entlang?"
„Wer sind sie?"
„Willkommen in Brüssel." Dann stellte der

Mann klar.
„Keine Fragen, einfach mal die Schnauze halten!" Die Beiden besteigen ein Motorrad. Jana hat ihren Rucksack dabei und klammert sich an den jungen Mann. Sie kann ihn altersmäßig schlecht einschätzen. Vielleicht um die 35 Jahre.

„Wo geht`s hin?"
„Überlass das mir. Es ist alles geregelt."
Beschwörend hob Jana den Blick zum Himmel empor. Der Mann raste mit der BMW-Maschine die Straße hinunter. Bremste mit quietschenden Reifen. „Endstation!"
Der Mann wirkte nervös. Merkte Jana`s Zweifel.
"Auch James Bond wurde mal nervös."
„Ja. Sein Trick war nur, es vor anderen zu verbergen."
„Ich scheine mich verfahren zu haben."
„Können sie mir sagen wie die Stadt heißt?"
„Folgen sie einfach der Straße. Kurz vorm Ortsschild geht ein Weg in den Wald."
Der Mann sprach mit leichtem Akzent.
„Hört sich gut an, wie sie sprechen."

Jana straffte ihre Schultern und ging davon. Sie hörte noch einige Sekunden den satten Klang der BWM-Maschine.
Nun kam die Zeit der Antworten.

Unterwegs nach Deutschland

Während Jana ihre Plane auslegte und etwas Wasser trank, kam ihr der Auftrag in den Sinn.
Ihre Kehle war stark ausgedörrt, mit zitternden Muskeln setze sie sich an einen Felsvorsprung und blickte gen Süden über die Schlucht.

Jana war völlig allein mit sich, den Felsen, ein paar wenigen Eichen und Tannen, die den harten Untergrund trotzten und hier Wurzeln geschlagen haben.
Sie ist zwischen zwei Welten gefangen.
Auf der einen Seite auf der Flucht.
Auf der anderen Seite Freiheit.
Freiheit ihr Ziel umzusetzen.
Thomas Jordan zu eliminieren.

Unter einem vollen Mond steuerte sie spätnachts durch die Stromschnellen, die einen ehemals ruhigen Fluss aufwühlten.
Dort, wo jetzt der Nebel über dem Tal liegt, dort ist ihr Weg nach Luxemburg.
Jana liegt ganz still, während alles um sie herum im dichten Nebel versank.
Das Frösteln, dass von ihr Besitz ergriffen hat, erinnert sie an die Flucht nach Österreich. Es sind mit ihr auf dem Weg die unsterblichen Seelen, deren menschliche Hülle an dem Wasserfall zerschellt waren. Sie fühlt sich gefangengenommen und an die Wolken angekettet.

Sie schloss sich in ihre Fließjacke ein.

Ein Lagerfeuer würde sie sich sparen.
Jedenfalls diese Nacht. Sie wickelte sich gut
in die Plane ein, damit sie nicht vollkommen
durchnässt vom Morgentau aufwachte. Als
Jana am nächsten Morgen aufwachte, fühlte
sie sich wie gerädert. War benommen, ihre
Augen waren verklebt.

Sie ist der einzige Mensch weit und breit.
Atmete die frische Morgenluft ein und sah
den Falken bei ihren Flugkünsten zu. Die
einzigen Geräusche sind das Rascheln des
Windes in den Baumzweigen und das ferne
Grollen des Wasserfalls. Das frühe
Sonnenlicht blinzelte in ihre müden
Augenlider.
„Thomas Jordan, ich verurteile dich zum
Tode. Du bist SCHULDIG." Die Anklage liest
sich wie ein Drehbuch. Die langersehnten
Antworten standen kurz bevor.

Janas Kopf brummt.
Sie nimmt mehrere Schmerztabletten.
Spült sie mit frischem Quellwasser hinunter.
Die Felswand reflektierte den hellen
Sonnenschein und erwärmte sie.
Ihre schweißnassen Hände greifen den
Rucksack.
Weiter Jana. Immer weiter.
Komm. Jana.

Zwei Falken sind ihre Wegbegleiter.

Sie kreisen hoch über ihren Kopf, steigen
immer höher, bis sie nur noch schwarze
Punkte am Himmel sieht.
Wenig später kommt sie in eine
sonnenbeschienene Lichtung. Sie ruht sich
aus an einer markanten Rot Eiche.
Gebündelte Baumreihen markierten einen
Waldweg. Sie sieht das Licht eines
Geländewagens.

„Soll ich sie mitnehmen, junge Frau?"
Jana vergrub sich tief im Sessel des Wagens.
Sie hätte alles getan, um weiterzukommen.
Ihre Sonnenbrille verdeckt ein wenig das
geschundene Gesicht.
Ihr Plan nimmt Formen an.
Der Mann nimmt sie mit bis nach Köln.

Sie will nach Berlin. Dorthin wo alles begann.
Sie konzentriert sich auf die Puzzleteile.
Fügt einen Baustein nach dem anderen
hinzu. Zu welchem Bild fügt sich alles
zusammen?
Der leichte Schmerz des eintretenden Todes.
Herzstillstand.
Die Dosis macht`s.
Für Thomas Jordan wird es reichen.

Mit zittrigen Fingern entledigt sich Jana ihres
Hosenanzuges. Naßgeschwitz. Er hat seinen
Dienst getan.

Es wurde heute rasch dunkel.

Eine Sternenklare Nacht.
Die Sternlichter funkeln.
Werden überall gesehen. Noch ein letzter Tag.
Komm Jana. Du schaffst es!

Jana`s Haut riecht nach Schweiß und Angst,
nach Schmerz und Freude, nach Blut und
Unschuld. Thomas Jordan ist ein egoistischer
Scheißkerl. Ja Jana, tu es für mich.
„Jennifer?"
„Bettina?"
„Ja, Jana, tu es für uns!"
Tief atmet Jana den Geruch ihrer Haut ein.
Bald wird sie an dem Ort sein, wo alles
begann.
Wo es enden wird.

Jana hat alles verdrängt.
Gibt sich ganz ihren Rachegefühlen hin.
Ihr Körper spürt Lebendigkeit.
In ihrem Schädel ist ein Rauschen, stärker
als eine Welle, die sich überschlägt.
Sie wird Thomas Jordan eine anonyme
Briefnachricht zukommen lassen.
<u>DU BRAUCHST MICH NICHT SUCHEN.</u>
<u>ICH FINDE DICH!</u>

Einige Wochen später

35

Berlin

"**H**eute Abend *MOMMSEN-ECK*.
Und pünktlich bitte!"
So ist er, der Chef.
OK Lisa Hauser und Kommissar Jan Krause
schmunzeln.
"*HAUS DER HUNDERT BIERE* ?"
"Fünf reichen."
Das Team gönnt sich öfters hier ein gut
bürgerliches Essen.
Im Sommer sitzen sie dann draußen.
Ein gutes Plätzchen an dem *St.Georg-
Brunnen* am zentralen *Hindemith-Platz* in der
Nähe des Kurfürstendamms.

"Ist das nicht Thomas Jordan?"
"Wo?"
Beim Gang in die Kneipe gehen sie an der
Theke vorbei. Automatisch führt der Blick in
den vollen Gastraum.
"Ganz rechts, an dem Vierer Tisch."

Die drei Kommissare sitzen in der Veranda.
Der kalte November-Tag von 2013 wiederholt
sich zum 5. Mal. "SOKO TODESKUSS".
"Ja, das waren noch Zeiten. Einiges passiert
in Berlin seit dem."
Berger bestellt das *Bier des Tages*.

"Und die Dame?"
"Drei mal bitte!" Berger besteht auf
Gruppenzwang. Auf dem Weg zur Toilette
kommt er am Tisch von Jordan vorbei. Der
sitzt mit zwei Männern und einer Frau
zusammen.

"Herr Kommissar?"
"Feierabend-Bierchen?"
"Und bei Ihnen?"
"Sie haben ja einen neün Dienstherrn."
"Es gibt immer einen Weg das Leben besser
zu machen." Bergers Neugierde muss
befriedigt werden. "Konnten sie sich
verbessern?"
"Kiew kann wieder Gas in Russland
einkaufen, wenn dieses "billig, ehrlich und
nicht "korrupt" ist.

Nach dem *MAIDAN* - Putsch galt die völlige
Abkehr von russischen Gaslieferungen noch
als ukrainisches Hauptziel."
"Ich vertrete jetzt die Interessen von
GAZPROM. Bis 2019 soll die Pipeline in der
Ostsee, N*ORDSTREAM 2*, fertig sein."

"Dann können sie ja jetzt ihre völlige Kompetenz und ihre weitreichenden Beziehungen einbringen."

"Ja. So gesehen schon. Es hat sich alles wieder...." Jordan schweift aus.
"Die ukrainischen Radikalen handeln stets nach dem gleichen Prinzip: Sie haben sich bereits mehrmals medienwirksam an verschiedenen Blockaden des Handels mit Russland beteiligt. Sie führten einen unerbittlichen Kampf gegen die Einfuhr russischer Waren auf das ukrainische Territorium.
Das alles hindert sie allerdings nicht daran, sich mithilfe russischen Gases und russischer Kohle zu wärmen. Der aus Russland importierte Strom wird immer dann genutzt, wenn es in eigenen Kraftwerken zu Engpässen kommt."
"Er lacht und prostet seinen Zuhörern zu.
"Sie erinnern ein wenig an die Prinzipien von Veganern. Auf Lederschuhe nicht verzichten, weil es im künstlichen Leder kalte Füße gibt."

"Ich wünsche ihnen viel Erfolg!"
Berger geht an den Tisch zurück.
"Der Jordan hat es geschafft. Denke mal hält jetzt bei Zweien die Hände auf."
Sie sprechen über Maidan, Krim, Ukraine, Krieg, Gas.
"Eine Rose duftet nach Rose ob sie nun Rose

heißt oder nicht."
"Chef, sie sollten den Beruf wechseln.
Schriftsteller."
"Politiker!" wirft Kommissar Jan Krause ein.

"Das russische Gas wurde umbenannt. Das
Gas wird bei mehreren europäischen Ländern
eingekauft. Der Preis, etwa um zehn Prozent
höher als ein direkter Bezug aus Russland."
Lisa Hauser und Jan Krause hören gespannt
zu. "Was für eine Geschäftsidee diesem
Vorgehen zugrunde liegt, ist schwer zu
verstehen, aber man kann einer naiven
Bevölkerung, die an Wunder glaubt, eben
noch ein weiteres Mal weismachen, dass die
Ukraine nun ein für alle Mal endgültig alle
Bindungen zum feindlich-imperialen
Russland zerrissen hat."

"Ich verlaufe mich gerne. Da gibt es, was zu
entdecken!" Thomas Jordan sitzt in der
frühen Nacht an der Theke der Diskothek. In
der spärlich beleuchteten Szene der seitlich
angebrachten Barräume erhellen zeitweise die
hellen Strahler die Tanzfläche auf und zeigen
die fröhlichen Gesichter der ausgelassenen
Menschen.
"Willst du heute noch was Besonderes?"
"Darum bin ich hier."
"Die Frau trägt beim Sex eine Maske und
verbirgt ihre Schönheit bis zum letzten
Moment der Ekstase."

"Dann zeigt sie sich?"
"Ja. Es soll das geilste sein, was es auf diesen Planeten gibt."
"Okay, sagen wir in Berlin!"
"Lassen sie sich einfach überraschen."
"Preis?" "2000,--" "Die Nacht?"
"Eine Stunde. Wenn sie das durchhalten!"

Thomas Jordan will die vollkommene sexuelle Erleuchtung. Kurz nach dem Eintreten in das nur mit schwachem Kerzenlicht erhellte Zimmer legt er sich auf das breite Bett.
"Dreh dich um. Steck dein Gesicht in das weiche Kissen."
In den seitlich angebrachten Spiegeln sieht Jordan, wie die Frau sich auf ihn legt. Vorher träufelte sie Öl auf seine Haut, verreibt es ganz sanft. Ruscht dann mit ihrem Körper auf den angespannten muskulösen Körper Jordans. "Das ist nicht fair." Jordans Erregung seines besten Stücks drückt in die eher harte Bettmatratze."
Die Frau steigt von ihm ab.
"Dann dreh dich doch um." Jordan sieht die wahrhaftige Vollkommenheit einer Schönheit. Brüste, die getragen werden von einem jungen muskulösen Körper. Eine Taille, die ein Becken formt und einen tiefen Ozean vermuten lässt.

Drei Tage später

36

"Haben Sie es doch noch geschafft?"
Berger begrüßt Tom Busch.
Der Journalist hatte der Unterhaltung der Kriminalbeamten unbemerkt interessiert gefolgt. Tom Busch hat die *BILD* von heute dabei und legt sie auf den Tisch.
"Sagen sie Herr Kommissar, wann gibt es weitere Einzelheiten?"
Berger liest die Überschrift.
<u>PHANTOM MORD. WER IST DER TOTE VOM KURFÜRSTENDAMM?</u>

"War es Gift, Herr Kommissar?"
"Hauptkommissar, Busch. Hauptkommissar. Aber das lernen sie in ihrem Leben nicht mehr!"
"Es gibt schlechtere Tode!" Das Gespräch vertieft sich. Berger lässt nichts Wesentliches raus. "Dann hat ihre SOKO wieder zu tun?"
"Wir haben nie wirklich aufgehört."
Er legt nach: "Das ist wie bei euch Schreiberlingen."
"Die Gerüchteküche im Milieu kocht," bringt

sich Tom Busch ein, um den gewieften Kriminalbeamten aus der Reserve zu locken.
"Wie?"
"Die Preise ziehen an."
"Die Freier haben alle Angst.
Die Prostituierten mehr Kohle raustun für ihren Schutz."
Jan Krause lässt einen Lacher raus.
"Wenn wenigstens noch die Leistung stimmt."

Lisa Hauser knallt die Brötchen auf den Tisch.
Heute, am Montagmorgen stockt es.
Kein Kaffee fertig. Jan Krause ist diese Woche dran. Sie teilen sich das Beschaffen des Frühstücks.
Lisa schaut sich um.
Diese Woche haben sie einen Praktikanten.
Bietet sich doch an den jungen Mann außer in die Polizeiarbeit an die wichtigen Dinge heranzuführen.

Jan Krause sieht aus als, wenn er drei Tage durchgemacht hat. "Versackt?"
"Was heißt versackt. Zwei Stunden Schlaf!"
"Immerhin. War sie gut?"
"Wir sind doch Ermittler. Was tun Ermittler?"
"Ermittler ermitteln!"
Berger kommt in den Raum.
"Käffchen, Chef?"
"Krause, ihre Methoden......!"
"Ich weiß, Chef. Das nächste Mal nehme ich

sie mit!"
"Frauenquote bei uns abgeschafft?"
Lisa beschwert sich zwar etwas kleinlaut,
aber immerhin.

Berger wird Ernst und dienstlich.
"Geht die ganze Scheiße von vorne los?
Der Zeilenverdreher hatte Freitag recht.
Wir haben einen Giftmord."
"Die Statistik......"
"Das ist doch Quatsch."
Er verbessert sich. "Ja, OK Hauser,
geschenkt. Meistens morden weibliche
Personen mit Gift."

"Weil sie eben cleverer sind."
Lisa kann das sticheln nicht lassen.
Berger kommt zur Sache: "Ich muss gleich
zum Chef. Es ist zum.........!"
Die zwei Kommissare setzten eine
Mitleidsmine auf. Fünf Jahre ist nun die
SOKO-TODESKUSS im Einsatz.
Nicht mehr mit dem großen Personalaufwand.
Der als Terrorschlag eingestufte
Drohnenangriff auf dem Wannsee konnte
bisher nicht aufgeklärt werden.
Jennifer Zobel konnte kein Mord
nachgewiesen werden. Der Kussmund an den
Opfern nicht ihrer DNA zuzuordnen.
Tote Zeugen. Meister, Pavel.
Jordan war nichts anzuhängen. Er berief

sich auf Notwehr.
Er wurde erpresst.
Auf ihn wurde geschossen.
Es dauerte zwei Jahre, bis die Schweizer
Bank in Zürich das Geld freigab.
Jordan hat kooperiert.
Eine Vorteilnahme im Amt konnte ihm nicht
nachgewiesen werden.
Berger ist sich sicher. Es wurde von oben
eingewirkt. Eine Lawine wäre ins Rollen
gekommen.
Manchmal verflucht er seinen Job. Im
Tagungsraum beim Polizeipräsidenten sind
alle Ermittlungsleiter beisammen. Polizeichef,
Oberstaatsanwalt.

"Was sollen wir nach dem Mord an Thomas
Jordan der Öffentlichkeit sagen. Berlin
verlassen? In die Südsee? Mallorca?"
Zumindest ein Raunen geht durch den Raum.
Ein Beamter zeigt die bisherigen Fakten in
dem neuen Mordfall auf.
"Was feststeht ist, dass Rizin ausgeschlossen
werden kann. Das Opfer wurde betäubt.
Das Obduktionsergebnis weißt einen Tod
durch Herzstillstand aus. Das noch nicht
bestimmte Gift hatte eine Lähmung der
Atemwege verursacht."

"Herr Berger. Wie ist ihre Meinung? Gibt es
ein Indiz, das in die Richtung dieser Frau, sie
wissen schon."

"Zobel, Jana Zobel, Herr Präsident."
Berger stellt seine Vermutungen auf.

"Das ist völlig offen. Ich glaube eher nicht. Die Frau ist nicht dumm. Wo kann die überhaupt einen Schritt machen. Nein, auf keinen Fall. Da bin ich mir sicher. Es ist nicht die Handschrift von Jana Zobel."
"Finden sie diese Frau, Berger!"
„Schon klar. Die besten Dinge findet man, wenn man nicht danach sucht!"

Anfang des Jahres 2019

„**N**ichts ist mächtiger als eine Idee, deren Zeit gekommen ist."
Victor Hugo, Schriftsteller

Hauptkommissar Ronald Berger liest die Widmung in dem Buch.
Freundlichst ihre Sonja Halbach.

„Ist für sie abgegeben worden, Chef. Und die Blumen in der Vase da drüben dazu."
OK Lisa Hauser zeigt auf die Anrichte.
Der Kommissar liest den Klappdeckel des 620 Seiten dicken Buches.
„*Nach einer wahren Begebenheit.*"

„Ich habe schon den Probetext gelesen im Internet. DIE ABRECHNUNG. Führt momentan die SPIEGEL-Rangliste an. Die Lebensgeschichte der Zobel-Schwestern."

HK Berger blättert einige Seiten durch.
„Das klingt ja nach Täterwissen."
Kommissar Jan Krause bringt frischen Kaffee und die BILD-Zeitung.
„Hier Chef. Lesen sie mal das Interview."
„Was soll ich denn alles lesen. Habt ihr nichts zu tun?"
„Wir arbeiten gerade, Chef," kann sich OK Lisa Hauser nicht verkneifen.
HK Berger traut seinen Augen nicht.
Er liest es dreimal.
Sonja Halbach im Interview mit Tom Busch.

„Die ist mit der SY BELANDO über den Atlantik. Ziel BERMUDA. In den Monaten auf See vor allem nach dem unglücklichen Todesfall von Jennifer Zobel, hat sie viel mit Jana Zobel gesprochen."
HK Berger ruft Tom Busch an.
„Ja, hier Busch!"
„Berger hier, das war doch ihre Idee. Sie wissen was ich meine. Das Buch. DIE ABRECHNUNG.
„Hallo Herr Hauptkommissar. Nicht WAR, sondern IST. Geht erst noch richtig los. Im März sind wir auf der Buchmesse in Leipzig. Dann wirds auch international verlegt."

„Ja und in der BILD jede Woche eine Rubrik
mit Auszügen aus dem Buch."
„Genau, kennen sie auch die Lotto-Zahlen,
Herr Hauptkommissar?"

„Also, die Halbach hat einen Roman
geschrieben. Auf den Azoren. Die eine Zobel
auf dem Schiff umgekommen. Die andere auf
den BERMUDA ertrunken."
Nach einer Weile fügt er hinzu.
„Sie glauben das doch wohl nicht im Ernst?
Beide Zobels tot?"
„Herr Hauptkommissar, jeder glaubt, was er
will. Übrigens, am Freitagabend macht Sonja
Halbach eine Buchlesung in Berlin. Sind
gerne eingeladen. Ihre Kollegen natürlich
auch."

Hauptkommissar Berger kocht innerlich.
„Wir müssen Jana Zobel festnehmen."
„Sie meinen die Frau finden. Nach so langer
Zeit?"

Der Hauptkommissar nimmt das Buch und
legt es in seine Aktentasche. Die ganze Nacht
verbrachte er mit dem Lesen. Konnte nicht
aufhören. War gefesselt von dem spannenden
Schreibstil von Sonja Halbach. Was ist
Roman? Was ist Wahrheit?
Es dauert nicht lange, dann bekommt HK
Berger Gewissheit. Die BERMUDA-Polizei
bestätigt einen Vorfall vor drei Jahren. Eine

Deutsche Frau. Suizid durch Ertrinken.

Ein DNA Vergleich mit den Daten aus den Giftmorden mit dem Kussmund-Abdruck konnte zugeordnet werden. Die ertrunkene Frau mit falschen Papieren der Diana Fuchs ist Jana Zobel.

„Feierabend."
„Bierchen, Boulette?" „
„Ja, Chef. In dieser Reihenfolge."

Es wurde eine lange Nacht.
Die letzte Nacht der SOKO TODESKUSS.

Einige Tage später

37

München

Es ist ein bitterkalter Wintertag.

Auf den Raureif der vergangenen nasskalten
Tage ist jetzt ein wenig Schnee gefallen.
Eine vollkommen in Schwarz gekleidete Frau
wischt auf dem Grab den Schnee von der
Grabsteinplatte. Der schwarze Hut bedeckt
ihre rotbraunen kurzen Haare.
Der Schleier verbirgt der 35-jährigen Ihr
Gesicht. Die mit schwarzen Handschuhen aus
edlem Leder bedeckten Hände halten die
klirrende Kälte kaum ab. Sie küsst die
Tätowierung auf Ihrem Unterarm.
Tränen tropfen auf den weißen Schnee.

Jana hat die Schmerzen über den Verlust
Ihrer Schwester bis heute nicht überwunden.
Den Verlust der Liebsten.
Einsamkeit. Sie hat sich oft gefragt, warum
"Sie" damals nicht in die Wohnung von
Jordan in Berlin gegangen ist.

Jennifer ging immer voran.
Ja, Ihre Schwester wollte sie beschützen.
Mehr als fünf Jahre nun schon die Trennung durch den Tod der Schwester.
Sie schaut auf das Grab.
Ein Gefühl kommt über sie, als wenn Jennifer zu Ihr sprechen würde. Es ist nicht das Ende. Es ist ein Anfang. Ja, sie lebt.
Sie ist *LADY DIAMANT.*

Thomas Jordans Tod vernimmt sie mit einer gelassenen Miene aus einer Boulevard-Zeitung. Den Mann mit dem ausgeprägtem Laster zu begegnen war nicht schwer. Für den jungen Mann an der Bar half ein kleines Trinkgeld. 100 €. Die Sucht, Thomas Jordan zu töten, war wie eine Droge für sie.
Ja, Gift. Allein die Menge machts. Jana Zobel hat den Schatten Ihres Lebens verlassen. Jetzt kann ein normales Leben für sie beginnen. Ein Leben im Licht. Sie reist von München in die Schweiz.
"Yvonne Peters? Willkommen in der Schweiz. Was kann ich für sie tun?"
Bei der Bank in Zürich löst sie mit einer Vollmacht ausgestattet von Ihrem Nummernkonto eine Transaktion auf ein Konto in Puerto Rico aus.
Setzt den letzten Akt des gemeinsamen Planes mit Joaquin um.

Im Sommer des Jahres 2019

38

Port d`Andratx, Mallorca

Joaquin wird es wie Magellan ergehen.

Der hat sein Ziel der Weltumsegelung auch nicht geschafft. Allerdings nur, weil er während seiner Mission starb.
Joaquin lebt.
Aber seine Route wir im Mittelmeer enden.
Heute geht er in *Cadiz* vor Anker.
Die in weißen Farben überwiegende Häuserfront, gedeckte Dächer in braunen Ziegeln spiegeln den typischen Wohnstil in Andalusien wider.
Den Abend verbringt er in einer der vielen kleinen Gassen.

Er frischt noch einmal Proviant auf.
Am nächsten Tag segelt durch die *Straße von Gibraltar*. Segelt an Tanger und dem Gibraltar-Felsen vorbei und nimmt Kurs auf Ibiza.
Nun sind es noch wenige Stunden bis Mallorca.

Es ist am späten Abend.

Die Lichter der Leuchttürme an der Westküste von Mallorca weisen ihm den Weg.
Es sind die Lichter in der Nähe von Sa Dragonera und Sant Elm.
Als Ankerplatz hat er sich für die Bucht *Cala Llamp* entschieden.
Eine sehr schöne Felsbucht mit kristallklarem Wasser.
Cala Llamp ist zwei Kilometer von *Port d'Andratx* entfernt und liegt, bewacht von Sa Talaia (300 Meter) zwischen dem Morro des Garrover und sa Punta des Cocó, die eine natürliche Bucht bilden, wo sich dieser Strand befindet.

Mit seinem kleinen Beiboot geht er in der Nähe des Beachclubs *Gran Folies*.
Heute ist der Start in ein neues Leben.
Er nimmt sich eine Sonnenliege mit rustikalem Schirm. Bestellt sich einen Gin-Tonic und schaut mit dem Fernglas auf das Meer.
Mehrere Motorboote liegen in der Bucht vor Anker.
Er sieht wie einige Männer in das kühle erfrischende Wasser springen.
Sein Fernglas richtet sich auf eine junge Frau.
Ein älterer Herr prostet ihr zu.
„*LADY DIAMANT*. Klingt gut."

Die beiden scheinen sehr vertraut.

Er sieht sie lachen, sich umarmen.
Yvonne Peters macht ihren Job.
Den wird sie gut machen.
„Man sagt, sie sollen die Beste sein."
„Die einen sagen so. Die anderen so."
„Die Wahrheit liegt dann wohl bei Ihnen in der Mitte."
„Wenn der liebe Gott es so geschaffen hat."

Joaquin sieht, wie der graumelierte glattrasierte Mann Jana an die Hand nimmt und mit ihr unter Deck geht.
Hat er ihre Diamanten mitgebucht?

Joaquin bestellt sich einen weiteren Gin-Tonic.
Danach macht er sich einen Massagetermin.
Er genießt die Entspannung.
Die zarten, mitunter auch kräftigen Hände der jungen, ganz in Weiß gekleideten Frau.
„Bis du Spanier?"
„Aus Puerto Rico."
„Oh, das ist doch Karibik? Und was machst Du hier?"

„Ich bin gekommen, um zu bleiben!"

ENDE

„Die besten Dinge findet man, wenn man nicht danach sucht."

Anmerkung

Lieber Leser, ich kann gut nachvollziehen, wenn sie nach dem Lesen dieses Buches denken:

-So viele Sprünge in den Zeiten.
-Was ist denn dazwischen passiert?
-Wie fanden die weiteren Morde statt?
-Wie gelang die Flucht?
-Was hat die Polizei unternommen?

Ich gebe ihnen die Erklärung gerne:
Diese Passagen werden behandelt in den Büchern NACHTSCHICHT und TREIBJAGD.

NACHTSCHICHT ist, wenn sie wollen der Beginn der Mordserie.
Die Rache für die Ermordung der Eltern.

TREIBJAGD zeichnet die Flucht der Schwestern auf.
In Deutschland, Österreich.
Irland.
Über den Atlantik auf die BERMUDA.

Ich hoffe Ihnen mit diesen Angaben geholfen zu haben und empfehle die Leseproben ab Seite 242 zu lesen.

Danksagung

Ihnen danke ich für den Erwerb des Buches.
Sage Danke, dass sie sich Zeit nehmen dieses Buch zu lesen.

Viele Leser fragen mich, wie man auf so etwas kommt.
Solche Geschichten. Und dann der mit kurzen Sätzen prägende Schreibstil.
Woher ich den habe.
Das weiß ich auch nicht.
Schön, wenn es gefällt.
Ihnen antworte ich, dass es nur einen Unterschied gibt.
Der Leser liest im Buch und stellt sich das Geschehen bildhaft vor.
Der Autor stellt sich das Geschehen bildhaft vor und schreibt die Handlung nieder.

Aber es gibt auch eine Gemeinsamkeit.
Wir beide teilen beim Lesen die Gefühle, tauchen in die Situation ein, lassen uns von den Romanpersonen einnehmen.

Danke sage ich auch meinen Freunden.
Für die vielen Inspirationen die Geschichte weiterzuschreiben. Und meiner Partnerin, die viele Stunden auf mich verzichten musste.

Danke auch den Personen für die Hilfe bei der Korrektur und dem Lektorat.

Schlusswort

Die Geschichte dieses Buch ist eine reine Fantasie des Autors.
Personen, deren Namen und Geschehnisse sind frei erfunden.
Übereinstimmungen sind rein zufällig.
Auf allgemein zugängliche Begriffe, öffentliche Institutionen, Unternehmen, Marken sowie Ort und Straßenbezeichnungen wurde nicht verzichtet.
Die Erwähnung dient ausschließlich zur Untermalung der Handlungen, Chronologie der Abläufe.

Der Autor

Im September 2019

Buchempfehlung

ISBN: 9783748184775 232 Seiten,
Paperback   12,95 €   BOD Verlag, Norderstedt

ISBN: 9783748159445 268 Seiten,
Paperback   13,95 €   BOD Verlag, Norderstedt

Leseprobe

NACHTSCHICHT

(Seite 29-32)

5

"**E**s ist bestimmt ein besonderer Fall. Ich komme direkt vom LKA Am Tempelhofer Damm", begann die Polizei-Psychologin das Gespräch in der Runde im LKA 1 in der Thierstrasse.
"Sie haben die bisherigen Ermittlungsansätze studiert?"
"Ja, war leider alles sehr schnell, aber ich teile den Gedankenansatz, dass der Täter oder die Täterin einen besonders gestörten Ansatz für den Mord verfolgen. Schwierig ist die Einordnung der Wiederholungsmöglichkeit. Wenn diese Person oder die Personen – denke, es waren mindestens zwei Täter – von der Einfachheit der Tat überzeugt sind, ist eine Motivation zur Folgetat nicht ausgeschlossen.
Denke, sogar eher sehr wahrscheinlich.
Das Opfer denke ich, hat keinen persönlichen Bezug. Wohl ein Zufallsopfer. Zwar nicht ganz, denn es wurde ausgewählt.
Geld, Alter, Status. Das weißt auf eine

gewisse Intelligenz im Täterprofil hin.
Das die Entdeckung eingeplant ist, denke ich, ist Teil des sagen wir mal Spiels. Dieser Täterkreis will mit allen spielen. Dem Opfer, der Polizei, der Öffentlichkeit. Ich bin mir sicher, das Spiel ist Teil einer Erinnerungsauslösung.
Einer Bewegung mit der Vergangenheit.
Eine Auseinandersetzung mit einer schmerzlichen Erfahrung.
Das kann ein Verlust sein.
Der Verlust eines Menschen.
Eines tragischen Verlustes in der Familie."

Berger und alle Anwesenden hängen an den Lippen der Psychologin. "Ich habe Sie extra nicht unterbrochen. Denke, Sie waren ganz in der Persönlichkeit des oder der Täter."
Er überlegt.
Messerscharf seine Analyse.
"Dann müssen wir weit zurückgehen. Alle anhängigen Verfahren, wo eine Todesfolge nicht aufgeklärt werden konnte.
Wir weiten das bundesweit aus.
Also von Bremerhaven bis zur Zugspitze.
Einbezogen werden alle Vermisstenfälle.
Unfälle, Vergewaltigungen, Selbstmorde.
Und ich erwarte eigene Ideen aus dem Team.
Nichts ist unmöglich."
Und er fügt hinzu:
"Jeder Hinweis zählt. Bei der Pressesperre bleibt es.

Der oder die Täter sollen sich sicher fühlen.
K e i n e Vermutungen.

Haben Sie mich verstanden.
Ich reiße j e d e m den Arsch auf der………..!"

"Okay Chef!"
Berger schaut alle an.
"Ja, Okay Chef." Berger ist sich sicher, das wird schwer.
Der Polizeidirektor Mitte, die Staatsanwaltschaft. Alle wollen ihr Süppchen mitkochen. Und wenn ein weiterer Mord passiert mit gleichem Schema?
Oh mein Gott!
In Berlin wird nichts mehr wie vorher sein.
Eher wahrscheinlich?
Hat die Psychologin den richtigen Ansatz?
Gibt es noch Differenzen über die Zuständigkeiten?
Im LKA, mit Direktion 3 / Berlin-Mitte?

Oberstaatsanwalt Koll hat sich einige Zeit in der lebhaften Sitzung zurückgehalten.

Als Entscheidungsträger stellt er dann seine These auf.

"Meine Damen, meine Herren, ich sage erstmal Danke für den schnell ermittelten Ergebnisse. Ich komme jedoch zu anderen Überlegungen, denke in eine andere Richtung!" Und er begründet seine Antwort kurz und in klare Worte gefasst.
"Rizin und dann verabreicht in einem Platinkügelchen, entspricht einer Mordtechnik des *KGB*."
Er nimmt ein Secret-Papier zur Hand und liest den Inhalt mit ruhiger Stimme vor.
Alle Beteiligten schauen sich nacheinander an. Der *KGB* ist verdächtigt das Dekret des Politbüros im Juli 1977 umzusetzen. Es ging um den Einsatz "Aller Mittel" zur Neutralisierung von bulgarischen Emigranten.
Hierbei soll im sogenannten *Regenschirm-Attentat* im September 1978 diese Technik angewendet worden sein!
"Ich will Ihren Ansatz nicht schwächen oder infrage stellen. Die entscheidende Motiv Frage bleibt jedoch und das erweitert den Täterkreis. Wie kommt dieses Mordwerkzeug zum Täter? Ist es sogar ein Agentenfall? Oder bestehen Zusammenhänge?"

Polizeidirektor Olaf Bertram bekommt ein rotes Gesicht.

"Wenn ich das jetzt noch erhärte, kann auch ein Bandenmotiv oder sogar politisches Motiv denkbar sein. Meine Damen, meine Herren, also liebe Kollegen.

Machen wir es uns doch einfach und schalten gleich den Generalbundesanwalt ein. Dann haben wir weniger Arbeit, nicht den schwarzen Peter!" Ruhe, bitte Ruhe!" reagiert Oberstaatsanwalt Hans Koll. "Das Opfer ist doch n u r ein Arzt. Lassen Sie uns normal Weiterermitteln. Ich denke, wenn wir im Umfeld weitermachen, kommen schnell Spuren, die einen weiteren Ermittlungsansatz geben werden."
Mit dem Auslassen des üblichen Verabschiedens mit Händedruck ist für ihn die zweistündige Sitzung vorbei. Auf direktem Wege fährt er mit seinem Dienstwagen zu der Staatsanwaltschaft in die Turmstrasse.
"Kommen sie mit in die Kantine?" fordert Berger seine zwei Kommissare auf.
"Na klar, Süppchen, Boulette, Chef. Trocken sitzen, ist doch jut!"

(Seite 87-88)

19

Frankfurt

"Hi du Schlawiner, wo hast du die Frau aufgegabelt? Die hat ja ein Fahrwerk. Der Hammer." Konnte sich der grauhaarige Banker nicht verkneifen. "Und ein Feuerwerk in der Hose gehabt?" "Nicht nur ich." Dann wird er sachlich.
"Das Geschäft steht. Denke die Verträge kommen in der nächsten Woche. Gut etwas hat er noch herausgekitzelt aber bei 2,5 Millionen in den Fond, du weißt schon, passt es." Horst Reimann hat da seine Gefolgsleute. Ohne ihn längst rausgeflogen. Er hat bei jedem seiner Gefolgsleute die "Leiche im Keller" gefunden. Die vielen geschäftlichen Details aus dem Deal in Potsdam wollte er gar nicht wissen. Ist eine Neue. Und, wie hat sie sich angestellt?"

"Nobel! Sie firmiert unter *LADY DIAMANT*. Also für den Tausender, was da sonst so kommt außer Geilheit, hat die eine Extraklasse. Also absolut. Kannst mit der überall aufschlagen."
"Darauf kommt es mir an. Besondere Kunden, Besonderes Equipment. Mehr als Diamanten geht doch sowieso nicht."
Dann reden die beiden Männer Klartext.

Horst Reimann denkt an die Termine auf Sylt. Jedes Jahr lädt er zum Golfturnier in Kampen ein. Absoluter Elitekreis. Multimillionäre. Ob *LADY DIAMANT* dafür die Klasse hat? "Kannst

du dir vorstellen, dass die ihre Brüste mit..."
Er wird unterbrochen.
"Hat die schon. Die Knospen glitzern."

Reimann kann sich gut erinnern, wie in
Moskau bei einer Oligarchen sause die Weiber
alle echte Brillis an den Nippeln hatten.
Und nicht nur dort.
Er schaut auf den Terminer im Smartphone.
Noch vier Wochen. Instinktiv ruft er an Berlin
an.
"Buche die Lady. Die mit den Diamanten. Du
weißt schon. Und, sage Bescheid, ob es
klappt. Nee anders, sage denen: es muss
klappen, sonst kann er uns mal. "

Genüsslich geht er auf die Homepage. Sieht
sich die Neue bei *ESCORT-HASEN-BERLIN* an.
Ihm wird bei den Gedanken ganz anders.
Er will ein Diamanten Fieber.
Ein nie erlebtes Sex Spiel mit der jungen
Frau. Schlank. Augen grün, scharfer Blick.
Ein Mund der verlangt.
Er malt sich die wildesten Fantasien aus.

Das Telefon klingelt.
Reimann lässt es klingeln.
An seiner Bürotür klopft es.
"Nicht jetzt" brüllt er.

Er ist beschäftigt.

Leseprobe

TREIBJAGD

(Seite 43-46

Während Jana die große Plane auslegte, wirft sie einen Blick auf den im Nebel liegenden Bergkamm. Ihre Kehle ist ausgedünstet. Mit zitternden Muskeln setzt sie sich an einem Felsvorsprung. Sie war allein, mit sich, den Tannen und wenigen Eichen. Der karge Untergrund gibt dennoch einige Baumwurzeln frei.

Sie hatte immer ein friedliches Leben geführt. Nun sind es vor allem Rachegedanken, die sie wachhalten.
Unter dem Schein des Mondes schaffte sie es die schroffe Gebirgslandschaft zu bewältigen. Überquerte reißende Stromschnellen.
Momente voller Gefahren. Als sie bei einem Bach das Gleichgewicht verlor, blieb nur ein Weiterschwimmen in dem kalten Nass. In der letzten Nacht gelang es in eine Berghütte einzudringen.

Ja, Gott ist mit ihr auf dem Weg. Sie versorgt
sich mit den Lebensmitteln in der Hütte.

Lange bleibt sie an keinem Ort. Sie wünschte
sich so sehr die Wärme. Die Wärme von
Jennifers Armen. Das Frösteln holt sie in die
Wirklichkeit zurück. Eine kalte Wirklichkeit.
Ein Lagerfeuer spart sie sich heute. Sie
wickelt sich eng in die Plane ein. Schließt die
Augen. Zu träumen wagt sie nicht.
Es ist kein Märchen.
Sie ist auf der Flucht. Traurige Realität.

Als Jana aufwachte, war sie benommen.
Der gestrige Anstieg war sehr anstrengend.
Sie hat zu wenig getrunken. War vollkommen
ausgetrocknet. Das Gesicht kommt ihr wie
aufgequollen vor. Sie gießt sich zwei Liter
Wasser über den Kopf, ins Gesicht. Sie ist der
einzige Mensch in dieser so wilden
Landschaft. Geräusche kommen nur von sich
biegenden Baumästen.

Jana räumt ihr kleines Lager auf.
Rollt die Plane zusammen.
Ihren Taten kommt nun noch Diebstahl
hinzu. Perfekt sitzt die Winterjacke. Die
Stiefel, warm gefüttert. Handschuhe. Der
nächste Winter kommt bestimmt.
Und sie will weiter.
Immer weiter. Die Bergkämme schimmern
weiß, bedeckt vom Schnee.

Da will sie hin.
Muss sie hin.
In die winterliche Einsamkeit.

Eine tief verschneite Berghütte.
Schutz bietend. Vor Kälte. Sturm.

Sie beißt in einen Energieriegel.
Atmet die frische Morgenluft ein. Der heutige
Tag verspricht ein klares Wetter. Kühl, aber
sonnig. Wenig Wind. Sie hört das tiefe Grollen
der Wassermassen in den Gebirgsschluchten.
Diese Schwierigkeiten hat sie geschafft.
Unvorstellbar. Was hält sie am Leben?
Ein Leben ohne Sinn?

Jahrtausende hatte der Gebirgsfluss die
Konturen der zerklüfteten Gebirgsgesteine
geschaffen.
Ja, es ist die Zeit. Es sind die
Wiederholungen. Die Zeit hat für Jana keine
Bedeutung mehr. Hier oben. Die Tiere kennen
ohnehin keine Zeit. Sie sieht einen Steinadler
fliegen.
Ein Herrscher in den Lüften.
Ja, es wird einsamer. Dort, wo die Könige des
Himmels sind, ist freies Leben möglich.
Sie will f r e i sein.
Da will sie hin, in die winterliche Einsamkeit.
Auf die Berghöhen, tief verschneit.
Sie spürt keine Schuld. Sie hat die von
Geilheit besessenen Männer erlöst. Vergiftet.

Die wollten ihre Diamanten.
Die mit Diamanten versehenen
Brustknospen. Knospen des Glücks.
Nannten die Männer es. Begehrten sie.

Ja, sie fühlt sich jetzt frei.
Frei von den Männern. Dem Arzt, Schuld am
Tod ihres Vaters Stefan.
Frei von dem Banker. Schuld am Tod ihrer
Mutter Bettina.
Ihr schauderte nicht bei den Gedanken.
Es überkommt eine große Genugtuung. Die
Männer machten einen Fehler. Waren sich zu
sicher in ihrer vertrauten verbrecherischen
und korrupten Welt.

Jana stemmt sich gegen einen Felsbrocken.
Legt ein Sicherungsseil an.
Der Berg unter ihr scheint zu lachen.
Sie geht an ihre Grenzen.
Klettert mit letzter Kraft über den kantigen
Felsvorsprung.
Sie nimmt tiefe Atemzüge.
Gönnt sich keine Pause.
Weiter, komm Jana weiter.
Sie lässt sich auf einen Felsen fallen.
Rutscht etwas hinab. Kann sich an einem der
immer weniger werdenden Baumäste
festhalten.
Danke! Sie schaut nach oben.
Sieht einen klaren blauen Himmel.
Keine Wolke.

(Seite 53-59)

11

Der Militärkonvoi der Bundeswehr bestehend aus acht Fahrzeugen bahnt sich eine Spur im mittlerweile hohen Neuschnee.
Früh aufstehen mussten heute die 30 Soldaten der Kompanie. Eine Spezialeinheit.
Noch gut einen Kilometer, dann sind sie am Ziel. Ein Übungsgelände inmitten einer zerklüfteten, im Winter verschneiten Bergregion. Verschiedene Fahrzeugtypen bahnen sich einen Weg durch das Gelände.
Drei große Lastkraftwagen. Zwei Gepanzerte 4-Sitzer. zwei kleinere, darunter das Kommandofahrzeug. Ein 5-Tonnen Truppentransporter.
Ben Nolte war drei Jahre ein Teil dieser Truppe. Die Kompanie ist das Herzstück des Regiments. Unter den 30 Elitesoldaten sind zwei Frauen.
Eine davon Bens Schwester.
Doris Nolte ist 25 Jahre alt.
Bens kleine Schwester.
Er, der wahrhaftig mit seinen 1.95 der "große Bruder".

Doris Nolte hat sich gleich nach Bildung der
Berufsarmee im Jahr 2010 beworben.

Mittlerweile betragen die Anteile der Frauen
in der Armee rund 15 Prozent.
Und nicht nur wie zu früheren Zeiten zum
Einsatz als Sanitätshelferinnen ausgebildet.
Doris Nolte wurde zur Soldatin ausgebildet.
Ehrgeizig. Vaterlandstreu.
Bürgerin in Uniform.
Die Karriere wie ihr Bruder als
Fallschirmjäger hat sie nicht machen können.

Der Regiments-Chef, ein ergrauter Major,
Schnurrbartträger, begrüsst offiziell die die
motorisierte Infanterieeinheit des in Bayern
stationierten Bataillons 233 in Bad
Reichenhall.
Mehrere Mannschaftszelte werden aufgebaut.
Dazu kreisförmig angelegt einige wie moderne
Iglus aussehende Einmannzelte. Jeder
Handgriff sitzt. Der Wassertank zum
Waschen, die Zelte zum Essenfassen. Die
hellen großen Töpfe für die Verpflegung. Hier
gibt es noch richtige "Hausmannskost".
Die US-Streitkräfte leben mit Pulver.
Essen aus Tüten. Die Soldaten tragen ihre 1,4
Kg schweren Gefechtshelme.
Die 2,4 Kg schwere Splitterschutzweste ist
Vorschrift.
In einer Talebene werden mehrere
Pappkameraden aufgestellt.

Ein Stabsfeldwebel jagd die Truppe einen
Hügel hoch. Schweißtreibend, auch im Winter
der getragene 20 Kg Rucksack.
Der größte Feind des Soldaten ist das
Gewicht.
Ben Nolte kann ein Lied davon singen. Als
Fallschirmspringer. Zuletzt war er beim
Kampfhubschrauberregiment in *Fritzlar* in
Hessen stationiert.
Bei einem tragischen Unglück im Jahr 2013
einer der Schwerverletzten. Immer wieder
erreicht ihn das Trauma. Es war ein Wunder.
Trotzdem stellt er sich die Fragen. Warum
passierte das? Der *15 Tiger* brannte völlig
aus. Es war ein normaler Trainingsflug.
Danach folgte eine Umstruktuierrung. Die
Bundeswehr stellte eine neue Formation
zusammen.
Ben Nolte stieg aus dem aktiven Dienst aus.

Heute Abend bekommen die Soldaten einen
Klacks Bohnen mit Tomatensuppe.
Fleischbällchen und Kartoffelpüree.
Als Nachtisch eine Birne.
Vorher wird noch geschossen. Jeweils 5
Schuss aus der G 36 perforieren die Brust der
Pappkameraden.
Die Treffer weichen stark ab.
Es wird im Stehen und im Liegen geschossen.
Ben Nolte sieht mit seinem Fernglas das
Spektakel an.
Er ist stolz auf seine Schwester.

Ben baut für die Nacht sein Zelt auf.
Minusgrade sind zu erwarten. Sein
Schlafsack, die Isomatte werden ihn vor Kälte
schützen.

Anders geht es Jana Zobel.
Sie hat diese Nacht unweit des
Truppenübungsgeländes ein Quartier
gefunden.
Ein überragender Felsvorsprung schützt sie.
Wechselsachen sind Fehlanzeige.
Sie spannt die Plane, befestigt sie an
Baumwurzeln.
Ihre Essens- und Trinken Vorräte gehen
langsam zur Neige.
Noch einen Tag. Es muss bald was passieren.
Das ständige Schlafen auf hartem Boden
zeigt: zu Hause schläft es sich doch am
besten. Jana kommt jeder Nacht länger vor.
Ein sofortiges einschlafen Fehlanzeige.
Der oft knurrende Magen hält sie ebenso
wach wie quälende Gedanken.
Sie hat wohl noch zwei dieser Nächte vor sich.
Dann ist sie in Österreich.

Jana scheint ein straffer Leuchtstrahl einer
Taschenlampe ins Gesicht.
Sie erkennt nichts.
Ben Nolte hat früh am morgen sein Zelt
verlassen, um frisches Gebirgsbachwasser zu
holen. Was er fand, war eine junge Frau.
Völlig verstört. Zu keinem Wort fähig.

"Was machen sie hier oben in der Kälte.
Haben Sie kein Zuhause?"
Wenn es nicht so Ernst wäre: Jana kann
nicht lachen.
Lange hat sie keinen Menschen mehr gesehen
und jetzt diesen Witzbold.
"Das kann ich sie auch fragen!"
Ben Nolte schaut in die karge Felsöffnung.
Deutet sofort die Situation.
Die Frau hat kaum Gepäck. Völlig unnormal.
Sie ist keine Wanderin. Hat keine
Wintersportsachen.
Ein Alptraum, so in dieser Gegend unterwegs
zu sein. "Kann ich ihnen helfen?"
Er setzt nach:
"Brauchen sie Hilfe?"
Jana hört die sympathisch auf sie wirkende
Stimme.
Was soll sie sagen: Ich bin eine Verbrecherin?
Habe zwei Männer vergiftet; oder das Ganze
ins Lächerliche ziehen. Bin auf Urlaub. Oder,
bin ein Escort-Girl, habe meine Begleitung
verloren?
Ben Nolte kommt ihr zuvor.
"Mein Zelt ist nicht weit von hier. Kommen
Sie mit. Ich habe eine Decke dabei. Kann ein
Feuer machen. Einen heißen Kaffee mit
Gebirgswasser gekocht."
Letzteres überzeugt Jana.
Warum eigentlich nicht.
Der Mann weiß nicht, dass sie auf der Flucht

ist. Aber wer ist der Mann?
Ben Nolte hat sein Outdoor Zelt perfekt
aufgebaut. Als Lichtquelle dient eine
Gaslaterne. Freie Sicht. Sonne am Morgen.
Die Nacht bot einen sternenklaren funkelten
Himmel.
Er gibt Jana eine Daunenjacke.
Der Eingang des Zeltes liegt zur
windabgewandten Seite.
Den Eingang hat er vom Schnee
freigeschaufelt.
Seine zerlegbare Schaufel ist das Herzstück
seiner Ausrüstung.
Nach einer Weile sitzen sie nebeneinander
und trinken den heißen Kaffee aus den
Blechtassen.

"Ich bin Ben."
Jana überlegt, was sie antworten soll.
Sie entscheidet sich für die Wahrheit.
"Angenehm, Jana."
"Sind sie immer so früh hoch?" fragt sie den
noch fremden Mann.
"Nicht immer, aber immer öfter."
Dann erzählt Ben Nolte warum er hier in der
winterlichen Bergwildnis ist.
Jana hört interessiert zu.
Die ganze Situation schafft ihr Vertrauen.
Ja, es ist Vertrauen. Ihre Lage, eigentlich
aussichtslos. Sie wollte sich von einer
Bergkuppe herunterstürzen.
Hat den Gedanken immer wieder

durchgespielt.
Allein das Denken an Jennifer hat sie bisher davon abgehalten.
Ob Ben Nolte ein guter Zuhörer ist?
Sie fasst einen Entschluss.

(Seite 67-75)

13

Graz, Österreich

Eine Zwischenstation?
Ben Nolte weiß es nicht. Er weiß nur eines: Jana braucht eine neue Identität. Sie muss raus aus Deutschland.
Die Wohnung in Graz gehört einem Freund. Jens ist Pilot. Fliegt als Kapitän den *AIRBUS A 321*. Er hat sich damals für die zivile Luftfahrt entschieden. Lange haben sie sich nicht gesehen. Er kann die Wohnung nutzen. Schon einige tolle Partys haben sie dort gefeiert. Jens Haffner ist drei Jahre älter als Ben Nolte. Oft ist er mehr als drei Monate in einem Stück fort. Problem dann die "Freundinnen" beim Wiedersehen zu koordinieren.

Ben musste da schon mal "einspringen".
Die ehemalige *LUFTHANSA*-Tochter *CONDOR*
fliegt jetzt für *Thomas Cook Group.*

Ja, so könnte es gehen. In der Wohnung kann
er mit Jana sich aufhalten. Leben?

Sie fahren Richtung Geidorf. Die Wohnung ist
mit 5 Zimmer, großräumig hell, 157 qm über
2-Etagen. Jana fällt gleich das
Fischgrätenparkett auf. Drei Zimmer haben
Kachelöfen. Ein Schmuckstück dieses
Jahrhundertwende-Haus. Ben stellt die
zusätzliche Gasheizung auf
Zimmertemperatur. Reißt die zum Balkon
führende Tür auf. Nimmt Jana in den Arm.

Nimmt sein Handy und versucht Jens
anzurufen. Kein Erfolg. Der wird wohl
irgendwo über den Wolken unterwegs sein.
Ruft bestimmt zurück. Jana geht an einen
Schreibtisch. Nimmt einen Bilderrahmen in
die Hand. "Ist das Jens?" Sie sieht einen
schmuck aussehenden, dekorierten Piloten.
Die Kapitänsmütze tief ins Gesicht gezogen.
"Erzähl mir von ihm."

Sie setzen sich auf das weiße Ledersofa.
Ben stellt zwei Gläser auf den Tisch. "Scotch,
Bourbon, was möchte die Dame?" "Scotch,
mit Eis, bitte." Ben stellt die Flasche Wiskhey
auf den edlen Glastisch. Jana schenkt ein.
"Wo soll ich anfangen?"

Jana hörte interessiert zu.
Episoden aus Schulzeit, Jugendsünden und Uni-Zeit. "Also habt ihr eines gemeinsam: Junggesellen-Dasein." Ben lacht: "Es gibt Schlimmeres."

"Du wirst ihm bestimmt gefallen."
Ben hat sich engagiert mit Janas Situation.
Als Soldat muss er per Gesetz limitiert töten.
Jana hat Selbstjustiz gemacht.
Er empfindet immer mehr Hochachtung vor dieser Frau. Er ist sich ganz im Klaren:
er toleriert ihre Handlungsweise. Was er gehört hat, zieht er nicht in Zweifel.
Die Männer waren Verbrecher. Ganz klar.
Dann durchzuckt es ihm. Wo ist seine Waffe?
Er hatte im *JEEP*-Handschuhfach eine *HECKLER & KOCH P30*. Kaliber 9 mm Luber.
Ben geht noch einmal zum *JEEP*. Nimmt die Waffe und kehrt nach einer Weile in die Wohnung zurück.
"Hier, die liegt auch gut in der Hand einer Frau." Jana nimmt die Waffe. Woher Ben die hat, ist nicht von Interesse. Er hat sie. Und er kann schießen. Sie fühlt sich sicher.
"Das ist ja wie bei *Bonnie und Clyde*."
"Ich liebe die Story," sagt Ben. "Übrigens, die haben bald 80-jähriges Jubiläum.
"Dann trinken wir doch auf unsere Helden!"

Bonnie war 19 Jahre alt und bereits verheiratet, als sie Clyde im Januar 1930 in

Texas das erste Mal traf. Bonnies Ehemann
saß wegen Mordes im Gefängnis, glücklich
war Ihre Ehe nie. Sie und der zwei Jahre
ältere Clyde wurden sofort ein Paar – doch
auch Ihr neuer Liebhaber landete wegen
Raubüberfällen hinter Gittern. Bonnie
schmuggelte eine Pistole ins Gefängnis, mit
der sich Clyde seinen Weg in die Freiheit
erzwang. Doch Polizisten fingen den
Ausbrecher eine Woche später wieder ein.
Erst 1932 kam er frei, Bonnie hatte auf ihn
gewartet.
Bonnie und Clyde waren im Mai 1934 vor
allem in *Louisiana* und *Texas* unterwegs. Dort
trafen sie regelmäßig Freunde, auch einige
der Männer, die sie aus dem Gefängnis frei-
geschossen hatten.
Sie schienen immer selbstsicherer und
unvorsichtiger geworden zu sein.
Einer Ihrer Bekannten verriet sie schließlich
an die Polizei. Bonnie und Clyde trafen sich
am 21. Mai mit Freunden zu einem
nächtlichen Gelage am *Black Lake* in
Louisiana.
Die Polizei wusste, auf welchem Weg sie nach
Texas zurückkehren wollten und stellten
ihnen in der Nähe des Ortes *Bienville Parish*
eine Falle. Dort endete Ihre wilde Flucht in
den frühen Morgenstunden des 23. Mai.
Ein Bekannter von Bonnie und Clyde
täuschte eine Wagenpanne vor und versperrte

mit seinem Auto den Weg. Polizisten aus mehreren Bundesstaaten lauerten in Gebüschen am Straßenrand. Das Gauner-Pärchen erkannte den Bekannten und hielt an. Der Lockvogel sprang in Deckung und die Polizisten eröffneten das Feuer. Bonnie und Clyde starben in Ihrem *FORD*. In einem *FBI*-Bericht steht: "Sie starben, wie sie gelebt haben, in einem Kugelhagel."

Ben küsst Jana. "Prost Clyde."
"Prost Bonnie!""Wir müssen als erstes Deine neuen Papiere angehen, Schatz."
Am kommenden Tag versucht Jana Daniel Simon zu erreichen. Sie versucht den üblichen Weg. Kontaktet ihn im *DARKNET*. Zwei Wochen später wechseln 2000 € und ein Ausweis den Besitzer.
"Na ja, irgendwie passte Jana besser zu Dir, DIANA."
"Nein, Schatz, war Spaß. Diana Fuchs."
"Ja, bin gewachsen. Aus Zobel, Fuchs."

Auf dem Handy von Jens Haffner geht ein Anruf auf die Mailbox.
"Hi mein Freund. Wo lässt Du es Dir gut gehen auf der Welt? Wann bist Du mal wieder zu Hause? Ich bin in Graz. Melde Dich. Freue mich auf ein Wiedersehen."

Ben geht auf Jana zu. Nimmt sie in den Arm. Hier bleiben wir erstmal.

"Kannst Du eigentlich kochen?" Ben geht in die offene Essküche. Nimmt aus einer Reihe von Büchern eines heraus.

ITALIENISCHE SPEZIALITÄTEN. Die beiden Verliebten blättern die verschiedenen bunt bebilderten Speiseempfehlungen durch.
"Hier, was hältst Du davon?"
Ben mag gerne kochen. Essen zubereiten. Mit Niveau servieren. Kerze, Rotwein.
Das ganze Programm.
Er ist in einem Elternhaus aufgewachsen, wo Geld im Überfluss da war. Sein Vater war Erbe einer Schiffswerft. Dritte Generation. Nach dem frühen Tod hat seine Mutter das Unternehmen in eine Aktiengesellschaft umgewandelt. Ist selbst auf Rentenbasis ausgestiegen. Bens Mutter, Gudrun Nolte, lebt jetzt zurückgezogen in *Luzern.* Ein standesgemäßes Anwesen in der Nähe der *Kapellbrücke.* Luzern liegt an einem Ausläufer des *Vierwaldstättersees.* Der Fluss *Reuss* teilt die Stadt in Alt- und Neustadt. Die Verbindung geht über die *Kapellbrücke* mit dem Wasserturm und der *Spreuerbrücke.*

Ben kann sich einen späteren Aufenthalt in dem am Hang liegenden Haus durchaus vorstellen. Er zeigt Jana einige Fotos auf seinem Smartphone. Jana spürt es. Ben ist eine gute Partie. Und er scheint Zeit zu haben.

Sie macht eine gute Figur mit der Kochschürze.
Viel Brauchbares war nicht im Vorratsschrank. Nudeln sind schnell zubereitet. Trockentomaten. Einige Gewürze. Thunfisch aus der Dose.

Ben schenkt den Wein ein und Jana bringt das Essen auf den Tisch.
"Prost Diana!" Ben lacht. Sein Handy macht sich bemerkbar. Eine SMS von Jens.
"TREFFE SONNTAG EIN. 20 UHR. STELLE DEN CAVA KALT. JENS."

Jana schaltet schnell. Das ist ja schon morgen.
Nach dem Essen setzt sich Jana im Schneidersitz auf das helle Ledersofa.
Ben grübelt. Wie macht die Frau das?
Eben stand sie noch, jetzt sitzt sie mit verknoteten Beinen.
Sie schafft es immer wieder Aufmerksamkeit zu erreichen.
"Hast Du das gehört?"
"Warte, sei leise." Die beiden richten Ihre Kleidung. Jana geht schnell ins Bad.

Ben geht zum Flur. Durch die langsam aufgestoßene Tür wird ein Koffer geschoben.

Dann kommt ein Mantel angeflogen.
Hochhackige Schuhe fliegen hinterher.

Lange Beine folgen.
"Oh, sorry, ich bin Christal." „Hallo, Ben. Ben Nolte. Guter Freund von Jens.
"Dann bist du, der den Schampus besorgt."
Typisch blond. Aber sehr attraktiv.
Ja, Jens Haffner hat immer Extra-Klasse am Start. Kommt noch mehr? Ben ahnt es.
"Wo sind denn die Schlafzimmer?" Die hochgewachsene Blondine zieht ihren Koffer vor die Zimmertür.
"Jens, Freundin kommt auch noch."
Ben begreift. Dieses Geschoss hat sein Freund für ihn besorgt. Es gäbe Schlimmeres. Problem ist Jana.
Wo ist die eigentlich?
Christal ist auf dem Weg zum Bad. Folgt jetzt die Explosion? Ben Gedanken werden Wahrheit. Jana hat die Situation mitbekommen. Die Badtür war nur angelehnt. Ihr gutes Gehör verschaffte ihr gleich Gewissheit. Drei Frauen, zwei Männer. Party zu Fünft.

Jana tritt mutig mit schnellem Gang aus dem Bad heraus. "Hi, Christal, darf dich doch dutzen. Ich bin Diana."
„Oh, Du bist du schon da. Dachte stößt morgen dazu?" Jana lacht.
„Stoßen vielleicht. Nein Spaß bei Seite. Ich bin Bens Freundin."

"Darauf sollten wir einen trinken," rettet Ben die Situation.

Jana kneift Ben. Holt ihn in die Lage zurück. Die Lage ist nicht nach Party zu lechzten. Die Lage ist Flucht. Sie ist auf der Flucht. Ja, Leben kann wirklich schön sein. Für sie vielleicht das nächste Leben. Die Frau ist Blond. Vorurteil hin oder her. Es ist was dran. Daher doppelt gefährlich. Und wer ist die Blondine? Gechartert?
Ben zollt Jana erstmal Cleverness. Sie habe gut reagiert. Die schwarze Perücke.
Lange Locken. Eine Mütze darauf gesetzt. Ja, es war eine Eingebung.

Ben gibt der Blondine 500 €.
"Ist das okay. Sorry. Aber wir sind komplett. Denke es ist besser so. Soll ich dir ein Taxi rufen?"
Christal nimmt schnell das Geld. Guter Stundenlohn.
"Ist schon okay. Berufsrisiko. Vielleicht ein anderes Mal." Das Taxi ist schnell da. Ben geht mit den Koffer hinunter auf die Straße.
"Hast du eine Karte?"
"Sag ich doch, man sieht sich immer zweimal im Leben."
Christal gibt Ben die Visitenkarte.
<u>CHRISTAL C. Wenn du nicht allein sein willst.</u>
Darunter die Telefon-Nummer. Ben steckt die Karte ein. Bekommt noch einen Kuss.

Weitere Buchempfehlung

STURM IM GLASHAUS!
Politik- und Wirtschaftsthriller

Eine TRILOGIE.

Das Testament der Sinclair stellt die Menschen vor große Herausforderungen. Helen Winter ist verwickelt in die MISSION EMPIRE. Ziel ist die Weltordnung zu verändern. Der Geldverfall der Schuldenstaaten steht bevor. Die Weltregierung mit Sitz im Glashaus wird erpresst werden. Ein Verwirrspiel mit Intrigen aus Politik- und Wirtschaft.

BAND 1

 BAND 2

 BAND 3

Leseprobe aus Band 1

Rachel legt den Chip in die Schablone.
Es dauert einen Moment.
Mit einem riesigen Druck öffnet sich die
Schleuse.
Wie für einen Unterseebooteinstieg.
Rachel und Brain betreten die Schleuse,
schließen den Deckel.
Dann öffnen sie die nächste Klappe.
Zuvor legte sie einen zweiten Chip in die
Vorrichtung. Unfassbar.
Sie erblicken als Erstes den riesigen Saal.
Sofort fallen ihnen die zahlreichen Rüstungen
auf. Die Wände bedeckt mit Gemälden.

„Das ist die Ahnengalerie meiner Vorfahren!"
„Hier sieh doch das Wappen!"
Rachel zeigt auf das Großmeisterwappen von
Jacques de Molay !
Geviert von Silber und Blau in 1 und 4 ein
durchgehendes rotes Tatzenkreuz, in 2 und 3
ein goldener Schrägbalken in Blau.
Brain hält sich zurück. Bloss jetzt kein
falsches Wort. Hollywood oder so.
In großen Buchstaben lesen beide

NON NOBIS DOMINE
NON NOBIS
SED NOMINI TUO DA GLORIAM

Rachel befreit die riesigen Stühle und den
ovalen Tisch von den voll gestäubten
Leinentüchern.
In der Mitte des Tisches - XXIII -

Jacques de Molay war der 23. und letzte Großmeister des Ordens. Sie erkennt eine Wandtafel mit allen Buchstaben des lateinischen Alphabets.
Es sind 23 Buchstaben.
„Schau dir das an, Brain!"
Sie nimmt das riesige Schwert aus einer Ritterrüstung. Besetzt mit Rubinen funkelt es. „Brain, dieses Schwert ist mein Erbe!"
„ In der Beschreibung steht, dass ich es in eine verborgene Öffnung im Boden stecken soll!" Sie suchen den Boden ab.
In den dunklen Steinplatten des Bodens eine Öffnung finden?
„Ich habs! Ja, hier!"

Rachel steckt das Schwert in die Öffnung.
„Wahnsinn, schau Liebster!"
Eine Tür mitten in einer Wand öffnet sich.
Was die beiden vorfinden übersteigt alles Vorstellbare.
Sie stehen mitten in einer Hightech Zentrale.
Eine Fiktion? Nein - Wahrheit.
Ein technisches Zeitalter – unserem um Jahre voraus!
Sie lächelt in sich hinein; muss an Flow denken.
Ist hier der geheime Rückzugsort der Templer?
Ihr fallen die vielen Rosenkränze auf.
Dann das Logo des *WEF*.
Oh, mein Gott! Sie erinnert sich an das Gespräch mit Flow, der einige Zeit in der Zentrale der NSA in Fort Meade 33 km von Washington DC tätig war.

Die NSA hat den Sonderauftrag, den WEF zu
„kontrollieren".

„Rachel, komm, lass uns hier herausgehen"
wollte Brain ihr zurufen.
Doch Rachel ist schon im nächsten Raum.
Ein starker Verwesungsgeruch zieht sie
förmlich dahin.
Schnell hat sie die Situation erfasst.
Sie starrt in die Totenmasken von mit Staub
überlagerten Uniformierten.

Brain schaut in Rachels Augen.
Ihr Blick ist ihm fremd.
Er kennt den Blick dieser unheimlichen Frau
als Lady Bird. Den als Helen Winter. Aber
nun. Der Blick von Rachel.
Als, wenn ihn eine andere Frau anschaut.

Er sieht, wie Rachels Blick ins Leere führt,
und bringt keine weitere Frage hervor.
Er muss seit Jahren damit leben - aus Helen
Winter wurde Rachel Sinclair!
Oder steckt noch Lady Bird in ihr?
„Brain - Liebling! Unsere Lebensidee ist noch
nicht erfüllt!" Fast stotternd bringt Brain es
hervor: „Dann geht es also weiter?"
„Weiter? Wir sind doch gerade mittendrin!"
Sie lacht laut. „Oder willst Du lieber zum
Mars?"
Dann legt Rachel nach einer kurzen Pause
nach: "Brain, denke daran, wir Menschen
sind gerade von dem Asteroiden APOPHIS
wachgerüttelt worden! Es hat eine neue Zeit
begonnen!" Dann nimmt sie Brains Hand,
legt sie an ihre Hüfte.

„Schatzi, weißt du wie lange das Blut
braucht, um einmal im Körper zu
zirkulieren?"
Rachel schneidet sich ein Zeichen in den Arm.
Das Blut rinnt unaufhaltsam herab.
„Du wirst es mir bestimmt gleich sagen."
„Es sind 23 Sekunden!"
Schnell reißt er sich das Hemd auf und
schnürt Rachel den Arm ab. Stoppt die starke
Blutung. Brain sieht auf den weißen Sand des
Traumstrandes. Ein Skorpion gräbt sich
gerade aus und bäumt sich auf.
Er schreitet stolz durch die Blutspur.
„Schatz, übrigens, das Erbe der
Sinclairs..............!"
Der aufkommende Sturm verschlingt ihre
Worte.
Brain hat die Blutspur auch so begriffen.
Blood Scorpion! AU BEAUSEANT!

Buchempfehlung

Paperback 288 S., 10 Farbseiten
15,75 €

Leseprobe

Der unbedingte Entschluss

Wissen Sie eigentlich, dass Sie ein Gewinner sind?
Sie sind als Gewinner auf die Welt gekommen.
Haben sich durchgesetzt gegen Millionen.
Ja, Sie waren schneller, besser, stärker –
einfach der Sieger!
Sie durften gezeugt werden.
Durften leben.
**DAS LEBEN IST DER HAUPTGEWINN!
DIE LIEBE IST DIE ZUSATZZAHL!**

Und jetzt?
Wie geht's weiter?
Gefällt Ihnen Ihr Leben, Ihre Lebensweise?
Auch am Monatsende?
WER IMMER DAS MACHT WAS ER JETZT MACHT, WIRD IMMER DER SEIN, DER ER JETZT IST!

Mach Dein Leben unvergesslich!
Lasse Dich nicht von überlieferten Regeln leiten!
Gestalte, was passieren soll!
Gestalte Deine Regeln!
Die einzige wirklich wichtige KONSTANTE ist die VERÄNDERUNG!

Der Schatz im Inneren

Sie fragen jetzt sicherlich: Warum ist das so universell behauptbar?
Der Werner Heinecke spinnt doch.

Lesen Sie entspannt weiter – bitte.
Sie erfahren in sich gerade die Naturgesetze des Universums!
So zieht negatives Denken negative Ergebnisse nach sich.
Positives Denken demnach positive Ergebnisse.
Eindruck und Ausdruck müssen sich entsprechen. Dann sind sie in Harmonie.
Na, sind Sie jetzt entschlossen, aus Ihrem Leben was zu machen?

Das kostbarste Gut: Zeit!

30 Milliarden Sekunden, wenn Sie über 90 Jahre alt werden, liegen auf Ihrem Konto, und täglich werden es 86400 Sekunden weniger.
Wo Sie doch jetzt wissen, wie es gehen kann.
Da Sie den zuverlässigsten Helfer haben, den es gibt:

S I E. JA SIE SELBST,
die WELTMACHT ICH!

Sie und niemand ANDERES verantwortet alles Tun.
Übrigens auch alles, was Sie unterlassen. ERFOLG im Leben hat grundlegend mit Verantwortung zu tun.
Wollen Sie für Ihr Leben Verantwortung übernehmen?
Die Größe Ihres Erfolges wird von der Größe der Verantwortung abhängen, die Sie bereit sind zu übernehmen für sich und andere.
Haben Sie den Entschluss gefasst?
Ich weiß noch, wie es bei mir war.

Ein ständiges Streben nach Weiterentwicklung war in
mir.
Ich spürte die Kraft, welche Kraft war das?
Wer hat mein Leben in die Hand genommen.
Welche Kraft hat Besitz von mir genommen?
Die Kraft ist das Ego – das ICH !
Es ist eine große Kraft des Menschen.

Ich konnte immer schlecht verlieren.
Oh – das Spiel bei *„Mensch ärgere Dich nicht"*.
Da flogen oft alle Steine samt Unterlage.
Das Gewinnen wollen steckt in Dir.

Ich erinnere mich an einen Vortrag, den ich zu
diesem Thema bei einem befreundeten
Kollegen hielt. In der Zeit so um 1999.

„Der größte Schatz – Der Schatz des Inneren."
Es war in Berlin.
Gut 150 Leute waren anwesend.
Einige verließen den Saal.
In der Pause, anstandshalber.

Diese Menschen, die ich übrigens sehr mochte und
schätzte, konnten sich nicht wohlfühlen bei dem
Gedanken, dass der ERFOLG schon in ihnen ist, sie nur
nicht davon wussten.
Und wie sie den Schatz bergen sollten.

Die Gesetze der Gewinner

Sie werden in meinem Buch sehr viele Andeutungen in
christlicher und spiritueller Hinsicht erfahren.
Sie müssen das nicht glauben.
Ich erhebe auch gar nicht den Anspruch darauf.
Wir stehen nun einmal an einer Schnittstelle von
Spiritualität und Wissenschaft.

**Für mich steht WOW für
WORLD OF WINNER!**

**Der WOW-Faktor ist also eine Gewinner-Haltung.
Haltung im Sinne von Einstellung.**

Jede Menschheit hatte und hat Ihre Weltbilder.
Wissenschaftliche Beweise gibt es erst seit rund 400
Jahren. Ist es ein Zufall, dass sich seitdem in unserer
Welt vieles unvorstellbar entwickelt hat?
Sicherlich nicht, der Geist, das Bewusstsein des
Menschen haben sich erweitert.
Und durch die Erkenntnisse der Wissenschaft wurden
dem Menschen ganz andere Möglichkeiten ermöglicht.
Für mich sind alle Menschen gleich, unabhängig von
Ihrem Glauben, ihrer Konfession, also Ihrer
Glaubensrichtung.
Ich achte die Christen, die Moslems, die Juden usw.
genauso wie den Heiden. Ich achte alle Menschen
unabhängig von Ihrer Hautfarbe.

Als ich mich 1990 durch die Möglichkeit der Wende im
Osten der BRD sowohl privat als auch beruflich
engagieren konnte, sagte bei einer Geburtstagsfeier zu
mir sagte: „Du bist gar kein Wessi, Du bist irgendwie
anders, eher wie einer von uns."
Können Sie sich vorstellen, dass ich auch mal ganz
anders war, dachte, handelte?
Nein. Ich habe keine Vorurteile.
Bin den „Ossis" offen entgegengetreten. Mir gefiel der
Zusammenhalt. Die Hilfsbereitschaft untereinander.
Keine Wegwerfgesellschaft.
Das Manko der Menschen erkannte ich auch. Oft
mangelndes Selbstvertrauen.

Und, das Umgehen mit der Wahrheit. In einem
vertraulichen Gespräch erklärte mir ein Ostdeutscher:
„Herr Heinecke, sie müssen eines wissen. Wenn Ihnen
hier jemand etwas sagt, dass muss nicht die Wahrheit
sein. Die Menschen haben lernen müssen zu lügen."
Schlimm. Ein Ergebnis der kommunistischen Diktatur.
Können sie sich das vorstellen? Von einigen, wohl
Hardlinern, wurde ich „Baron Münchhausen" genannt.
Meine Thesen und Werte so in Zweifel gestellt.
*„Wer die Wahrheit kennt und sie eine Lüge nennt , ist
ein Verbrecher."*
Berthold Brecht

Die Wahrheit hat für mich einen hohen Stellenwert.
Ich bin ehrlich, allein schon aus dem Grund, die
Wahrheit zu sagen, damit ich nicht immer nachdenken
muss, wozu ich mal was gesagt habe.

Mein Tipp fürs Leben:
Sag die Wahrheit!

Und ich sage Ihnen auch, warum! Es gibt nur die eine
Wahrheit – Sie brauchen nie zu überlegen, was Sie
irgendwann einmal wo und wann und wem erzählt
haben!
Seit der Aufklärung hat die Medaille zwei Seiten.
Gott hat Geist und Materie zwar geschaffen, aber die
Betrachtungsweise ist getrennt.

Der menschliche Geist ist das Zentrum der
Intelligenz.
Das Reich der Wissenschaft ist das
materielle Universum, das nach
mathematischen formulierbaren Gesetzen
funktioniert.

Das Newton'sche, das mechanistische Weltbild
entstand.

Sir Isaac Newton war der Revolutionär über
Erkenntnisse, die Jahrhunderte Bestand hatten.
Aber Newton stellte die Religion nicht in Zweifel.
Darwin stieß noch weiter in die Geheimnisse des
Universums vor.
Und erst im 20. Jahrhundert lösten wir uns mit der
Quantentheorie vom Materialismus.

Das Universum ist nicht Materie, sondern Energie!

Wieso sieht man mit dem Teleskop die Vergangenheit?
Wir sehen Galaxien, die viele Millionen Lichtjahre von
der Erde entfernt sind.

Aber nicht so, wie sie heute aussehen, sondern wie sie
vor Millionen von Jahren ausgesehen haben.
So lange hat das Licht gebraucht, um die Erde zu
erreichen. Edwin Hubble (1889–1953) erforschte die
Sternsysteme und entdeckte, dass sich das Universum
ständig weiter ausdehnt. Aufnahmen aus dem Hubble-
Teleskop zeigen das Universum als hell erleuchtete
Diskus Scheibe. Eines ist uns Menschen geblieben:
das Wissen, es nicht zu wissen. Wissen erzeugt
Glauben. Also wem wollen Sie glauben, lieber der
Religion, der Wissenschaft, den Astronomen? Was
haben Sie für eine Weltanschauung? Welche Seite der
Medaille ist für Sie die Realität? Mal Hand aufs Herz,
glauben Sie an den Zufall? Oder an Glück?
Natürlich gibt es das, der Volksmund nennt es so.
Es handelt sich um die Auswirkung oder die Kraft von
Naturgesetzen. Z. B. Gesetz von Ursache und Wirkung!
Sie können es drehen, wie Sie wollen, wahrhaben
wollen oder nicht:

Sie haben recht. Sie werden immer recht haben.

Denn es ist Ihre Meinung. Ihre Sichtweise der Dinge.

Dieses Buch gehört:

....